名作ビジ

「大きな森の小さな家」

～大草原のローラと西部開拓史～

ちばかおり 著

新紀元社

はじめに

　アメリカの開拓時代を少女の目を通して描いた「小さな家」シリーズは、原作者であるローラ・インガルス・ワイルダーが、自身の思い出をみずみずしい感性で綴った自伝的作品である。NHKの海外テレビドラマで人気を博した『大草原の小さな家』の原作としても知られている。

　ローラが生まれた頃、アメリカは南北戦争（1861-65）を経て、ようやく一つの国家として近代化へ向けて歩み出していた。物語の舞台になる1860年代から90年代は、多くのアメリカ人が西部に目を向け、こぞって西へ歩を進めた西部開拓時代である。ローラの両親もそうした開拓民であった。数々の困難に遭いながらも、家族愛で結ばれ、たくましく生きるインガルス一家の物語は、多くの人々の共感を得た。

　なぜローラたちは西へ向かったのだろうか、その暮らしはどのようなものだったのだろうか。一家が辿った道を実際に走り、その風景の中に身を置くうちに、アメリカの西部開拓時代をもっと知りたいと思うようになった。アメリカは広い。一度で終わるつもりの旅も、三度、四度に及んだ。物語に出てくる多くの地名、交差する人物、先祖たちを整理すべく図に起こし、見聞したことをまとめたのが本書となった。いわゆる研究書ではないが、ローラが生きてきた場所や時代背景を図や写真を使って、わかりやすく紹介できればと考えた。アメリカの西部開拓時代と当時の暮らしをひもとく手引きになればと願う。

ちばかおり

目次

「小さな家」シリーズ

　「小さな家」シリーズは、作者ローラ・インガルス・ワイルダーの実体験に基づいて書かれた。物語の筋上、略したり脚色されたところもあるが、大筋は彼女が見たり聞いたりした事が題材になっている。

　1867年生まれのローラの少女時代は、ちょうどアメリカの開拓時代からフロンティア消滅までの時期と重なっている。「小さな家」シリーズを書き始めた時、ローラは既に65歳だった。晩年を迎えたローラが懐かしい子どもの頃の暮らしを振り返り、最愛の家族の思い出と開拓時代の暮らしを物語として書き記したのだ。

　それまでのローラは、農業雑誌に体験談を寄稿してはいたものの、ごく普通の農家の主婦だった。そのローラに書くことを勧め、本の構成や内容のアドバイスをし、出版社へのプロデュースをして支えたのは、すでにアメリカで著名なジャーナリストであり作家としても活躍中だった、ローラの娘ローズだった。

【この本について】
この本では、原作の物語をベースに進めていく。実際のローラの人生は必ずしも「小さな家」シリーズと同じではない。混乱を避けるため、物語にない実際のローラに起こった出来事に触れるときは、極力断りを入れた。
名称、地名、引用について、この本では恩地三保子訳（福音館書店刊）と谷口由美子訳（岩波少年文庫刊）のいずれかから採用している。ただしローラの父は「とうさん」と「チャールズ」、ローラの母は「かあさん」「キャロライン」を併用した。また、サウスダコタ州は当時まだ準州だったが、サウスダコタ州で統一した。
物語に登場する有色人種については、あえて物語表記のままアフリカ系の人々を黒人、先住民族をインディアンとしている。
本書の各扉に使用した岩波少年文庫版は取材当時の旧版を使用している。

Little House Books

　ローラの物語は全部で10冊。ローラが存命中に出版されたのが8冊。『農場の少年』はローラの夫になるアルマンゾの少年時代の物語で、ローラは登場しない。残りの『はじめの四年間』は娘ローズが執筆し、『わが家への道』はローラとローズの亡くなった後に発見された原稿が元になって出版された。

上段、恩地三保子訳（福音館書店刊）　下段、谷口由美子訳（岩波少年文庫刊）出版年はアメリカでの初版年

『大きな森の小さな家』

Little House in the Big Woods, 1932

『大草原の小さな家』

Little House on the Prairie, 1935

『プラム・クリークの土手で』

On the Banks of Plum Creek, 1937

『シルバー・レイクの岸辺で』

By the Shores of Silver Lake, 1939

『農場の少年』

Farmer Boy, 1933

『長い冬』

The Long Winter, 1940

『大草原の小さな町』

Little Town on the Prairie, 1941

『この楽しき日々』

These Happy Golden Year, 1943

『はじめの四年間』

The First Four Years, 1971

『わが家への道─ローラの旅日記』

On the Way Home, 1962

物語の舞台

インガルス一家は何回も移住を繰り返したが、彼らが旅をしたのは
アメリカの中西部と呼ばれる地域である。東はミシガン湖、ミシシッ
ピ川、西はロッキー山脈との間に広がるプレーリーと呼ばれる肥沃な
大草原地帯で、サウスダコタ州、ネブラスカ州、キャンザス州の東半
分辺りまでである。

ローラのとうさんやかあさんが子どもだった1840年代は、西部は
まだ秘境であり、人は牛馬を使って命がけで旅をした。インガルス一
家もほぼ馬車で旅をしてきたが、物語の始まる1870年代には鉄道の
敷設が既に中西部まで及んでいた。ローラが大人になる頃までには、
鉄道はアメリカ中を結び、人や物の流れが大きく変わるのである。

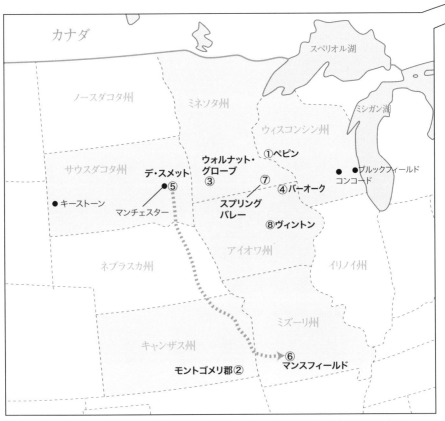

········· わが家への道　旅ルート

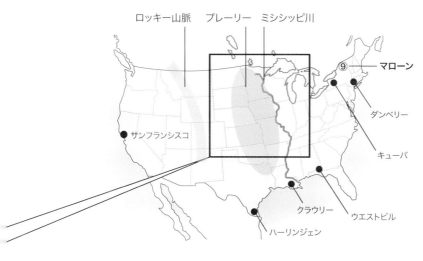

ロッキー山脈　プレーリー　ミシシッピ川

⑨ーマローン

ダンベリー

キューバ

サンフランシスコ

クラウリー　ウエストビル

ハーリンジェン

インガルス家のゆかりの地

①ペピン
　『大きな森の小さな家』の舞台
②モントゴメリ郡
　『大草原の小さな家』の舞台
③ウォルナット・グローブ
　『プラム・クリークの土手で』の舞台
④バーオーク
　グレイスが生まれた地
⑤デ・スメット
　『シルバー・レイクの岸辺で』
　～『はじめの四年間』の舞台
⑥マンスフィールド
　ローラとアルマンゾの終の棲家
⑦スプリングバレー
　アルマンゾの実家の農場があった
⑧ヴィントン
　メアリの入学した盲学校の所在地
⑨マローン
　アルマンゾの故郷。『農場の少年』の舞台

●キーストーン
　キャリーの終の棲家
●マンチェスター
　グレイスの終の棲家
●ブルックフィールド
　かあさんが生まれた地
●コンコード
　かあさんととうさんが出会った地
●キューバ（ニューヨーク州）
　とうさんが生まれた地
●ウエストビル (フロリダ州)
　ローラたちが住んだ町（1891 〜 92）
●サンフランシスコ (カリフォルニア州)
　ローズが住んだ町（1908 〜 15）
●ダンベリー (コネチカット州)
　ローズが住んだ町（1938 〜 68）
●ハーリンジェン (テキサス州)
　ローズが住んだ町（1965 〜 68）
●クラウリー (ルイジアナ州)
　アルマンゾの両親やきょうだい等
　ワイルダー家の終の棲家
　ローズが下宿した町

ローラたちの居住地

物語の中でインガルス一家は、理想の土地をめざして移動を繰り返すが、実際の一家はもっと頻繁に移住や転居を繰り返している。物語としての面白さ、わかりやすさを考えて意図的に省略したり、順序を変えたりして単純化したのであろう。例えばキャンザスの大草原から一旦ウィスコンシンへ戻っており、ウォルナット・グローブでも、土手の家から町の家、貸家など何度も転居している。

年	ローラの年齢	物語の居住地	対応本	実際の居住地
1867	0	ウィスコンシン州ペピン		ウィスコンシン州ペピン
1868	1			ミズーリ州ロスビル（?）
1869	2			キャンザス州インディペンデンス
1870	3			
1871	4			ウィスコンシン州ペピン
1872	5			
1873	6		大きな森の小さな家	
1874	7	キャンザス州インディペンデンス	大草原の小さな家	ミネソタ州ウォルナット・グローブ
1875	8			
1876	9	ミネソタ州ウォルナット・グローブ	プラム・クリークの土手で	ミネソタ州サウストロイ アイオワ州バーオーク
1877	10			
1878	11			ミネソタ州ウォルナット・グローブ
1879	12	サウスダコタ州デ・スメット	シルバー・レイクの岸辺で	サウスダコタ州デ・スメット
1880	13		長い冬	
1881	14			
1882	15		大草原の小さな町	
1883	16		この楽しき日々	
1884	17			
1885	18			
1886	19		はじめの四年間	
1887	20			
1888	21			
1889	22			
1890	23	＜記載無し＞		ミネソタ州スプリング・バレー
1891	24			フロリダ州ウエストビル
1892	25			
1893	26			サウスダコタ州デ・スメット
1894	27		わが家への道	
1895	28	ミズーリ州マンスフィールド		ミズーリ州マンスフィールド

　＝物語に登場せず

1

物語がはじまる前

インガルス一家とアメリカ

　インガルス一家は、『大きな森』のあるウィスコンシン州からキャンザスやサウスダコタの大草原、いわゆるプレーリーと呼ばれている地域を、自分たちの住む場所を探して転々と移住していった。物語は次女ローラの視点で描かれているが、ローラが少女時代を送った1870年代は、インガルス一家のように、多くの人々が西へ向かって大移動をした時期であった。

　ローラがつぶさに見て物語に記した身の回りの変化は、アメリカの近代化の歴史と重なる。馬車の旅から鉄道へ、人力から機械へ、めまぐるしく変わる世界の中で、インガルス一家はアメリカ中西部の厳しい自然と闘い、ささやかな家族の幸せを追いかけた。

　インガルス一家の夢は、近代国家を目指した当時のアメリカの夢でもあった。

プリマス湾に入港するメイフラワー号
by William Halsall, 1882

10

イギリスの移民たち

　ヨーロッパ人が北アメリカに入植したの
は、南米やカリブがスペインの植民地として
確立されたずっと後だった。イギリス人の入
植は1600年代に入ってからで、彼らはイギ
リス本国の不景気と農業の変革を受け、商人、
農民、政府の役人など多種多様の人々が心機
一転を図って新天地に渡った。

　アメリカには彼らよりも前にフランス人や
オランダ人らが小規模な植民地を作っていた
が、1620年、メイフラワー号の到着ととも
に、ピューリタンがニューイングランドに入
植し町を築くようになると、ボストンやセー
ラムを中心にイギリス人植民者が増加した。

　ローラの祖先は父方も母方もイギリス系
だった。イギリス系移民は入植地を広げて
いったが、18世紀末頃までは、東海岸沿い
に留まり、数世代を重ねた。ニューイングラ
ンドに住んだ彼らはヤンキーと呼ばれ、北部
アメリカの生活様式を形成した。

西部開拓の歴史

　1803年、アメリカ政府は、戦争資金を必
要としていたナポレオンから広大なフランス
領ルイジアナを買収し、ミシシッピ川から
ロッキー山脈に至る土地が開放された。そし
て1865年、南北戦争が終結し、世の中が落
ち着きを取り戻すと、人々は一斉に西に目を
向けた。だがそこは本来先住民が暮らしてい
た土地であった。

　開拓の名の下に合法化された土地の奪取に
踊らされたのは、インガルス一家のような、
ごく普通の一般市民だった。彼らの「夢と希
望」を後押しするように、鉄道が猛スピード
で西へ西へと敷設されていった。ローラのと
うさんも後にローラの夫となるアルマンゾ
も、そうした鉄道の仕事に従事した一人で
あった。

アメリカ開拓史とローラたち

　ローラの暮らしを知るキーワードは、彼らが東部の価値観を持ったヤンキーだということだろう。ローラの先祖をたどると、父方、母方いずれも二、三代前まではアメリカ東部ニューイングランド地方を拠点に生きていた。彼らは祖先からピューリタンの考え方や信仰の影響を受け、信念と理想を持って町を築いてきた。

　イギリスから渡ってきた初期植民地時代からの生活習慣は、ローラが意識しないまでも、脈々と彼女らに受け継がれている。インガルス一家は、祖先譲りの勤勉さと不屈の精神、自立心を携え、遥かな西部へ旅に出たのだ。

アメリカ史とインガルス一家の歴史

年	出来事
1620	イギリス、ピルグリム・ファーザーズ、メイフラワー号でプリマス上陸
1692	セーラムの魔女裁判
1732	英がジョージア植民地を建設し、13植民地が成立する
1755	フレンチ・インディアン戦争（〜1763年）
1773	ボストン茶会事件
1775	アメリカ独立戦争始まる
1776	7/4　アメリカ独立宣言
1783	英、アメリカ合衆国の独立を承認
1788	アメリカ合衆国憲法発効
1803	フランス領ルイジアナを買収
1812	米英戦争（〜1815年）
1820	ミズーリ協定で奴隷州と自由州の境界画定
1825	エリー運河全通
1836	1/10　チャールズ（とうさん）誕生
1839	12/12　キャロライン（かあさん）誕生
1848	カリフォルニアで金鉱発見。ゴールドラッシュが起こる
1852	ハリエット・ビーチャー・ストウ『アンクル・トムの小屋』出版

年	出来事
1854	カンザス・ネブラスカ法制定、ミズーリ協定廃止
1857	2/13　アルマンゾ誕生
1860	2/1　チャールズとキャロライン結婚
1861	南北戦争勃発
1862	ホームステッド法公布
1863	9/22　チャールズ、ペピンにキャロラインの兄ヘンリーと共同で土地を購入
1863	リンカーン大統領、奴隷解放宣言
1865	11/10　メアリ誕生
	南軍のリー将軍が降伏。南北戦争終結
	4/14　リンカーン大統領暗殺
1867	2/7　ローラ誕生
1868	ルイザ・M・オルコット『若草物語』出版
1869	インガルス一家、インディペンデンス南13マイルの払い下げ農地に入植
1869	アメリカで大陸横断鉄道開通
1870	8/3　キャリー誕生
1871	5月　インガルス一家、ペピンに戻る
1874	晩春　インガルス一家、ウォルナット・グローブ近郊のプラムクリークに移住
1875	11/1　フレディ誕生
1876	8/27　フレディ、急病で死去

左：ホームステッド法100年を記念した切手。右：『大きな森の小さな家』初版本（1932）

インガルス家の系譜

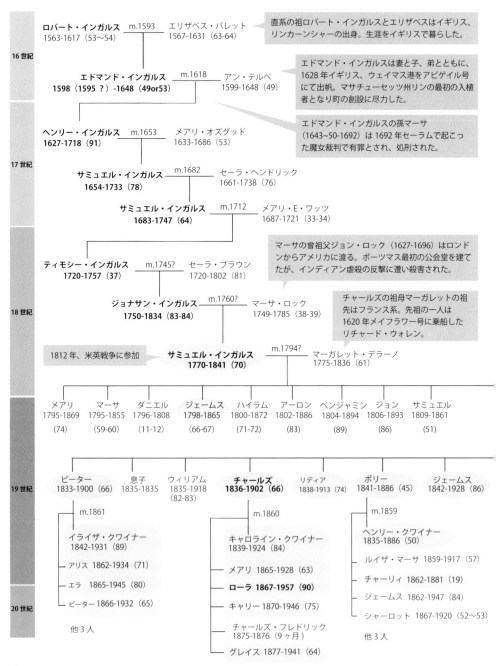

ロバート・インガルス m.1593 エリザベス・バレット
1563-1617（53〜54） 1567-1631（63-64）

16世紀

直系の祖ロバート・インガルスとエリザベスはイギリス、リンカーンシャーの出身。生涯をイギリスで暮らした。

エドマンド・インガルス m.1618 アン・テルベ
1598（1595？）-1648（49or53） 1599-1648（49）

エドマンド・インガルスは妻と子、弟とともに、1628年イギリス、ウェイマス港をアビゲイル号にて出帆。マサチューセッツ州リンの最初の入植者となり町の創設に尽力した。

ヘンリー・インガルス m.1653 メアリ・オズグッド
1627-1718（91） 1633-1686（53）

エドマンド・インガルスの孫マーサ（1643〜50-1692）は1692年セーラムで起こった魔女裁判で有罪とされ、処刑された。

17世紀

サミュエル・インガルス m.1682 セーラ・ヘンドリック
1654-1733（78） 1661-1738（76）

サミュエル・インガルス m.1712 メアリ・E・ワッツ
1683-1747（64） 1687-1721（33-34）

マーサの曽祖父ジョン・ロック（1627-1696）はロンドンからアメリカに渡る。ポーツマス最初の公会堂を建てたが、インディアン虐殺の反撃に遭い殺害された。

ティモシー・インガルス m.1745? セーラ・ブラウン
1720-1757（37） 1720-1802（81）

18世紀

ジョナサン・インガルス m.1760? マーサ・ロック
1750-1834（83-84） 1749-1785（38-39）

チャールズの祖母マーガレットの祖先はフランス系。先祖の一人は1620年メイフラワー号に乗船したリチャード・ウォレン。

1812年、米英戦争に参加

サミュエル・インガルス m.1794? マーガレット・デラーノ
1770-1841（70） 1775-1836（61）

メアリ	マーサ	ダニエル	ジェームス	ハイラム	アーロン	ベンジャミン	ジョン	サミュエル
1795-1869	1795-1855	1796-1808	1798-1865	1800-1872	1802-1886	1804-1894	1806-1893	1809-1861
（74）	（59-60）	（11-12）	（66-67）	（71-72）	（83）	（89）	（86）	（51）

19世紀

ピーター	息子	ウィリアム	チャールズ	リディア	ポリー	ジェームス
1833-1900（66）	1835-1835	1835-1918（82-83）	1836-1902（66）	1838-1913（74）	1841-1886（45）	1842-1928（86）

m.1861
イライザ・クワイナー
1842-1931（89）

- アリス 1862-1934（71）
- エラ 1865-1945（80）
- ピーター 1866-1932（65）

他3人

m.1860
キャロライン・クワイナー
1839-1924（84）

- メアリ 1865-1928（63）
- ローラ 1867-1957（90）
- キャリー 1870-1946（75）
- チャールズ・フレドリック 1875-1876（9ヶ月）
- グレイス 1877-1941（64）

m.1859
ヘンリー・クワイナー
1835-1886（50）

- ルイザ・マーサ 1859-1917（57）
- チャーリィ 1862-1881（19）
- ジェームス 1862-1947（84）
- シャーロット 1867-1920（52〜53）

他3人

20世紀

インガルス家は、16世紀まで記録がさかのぼれる家系である。記録に現れる最も古い人物は1500年代半ばにイングランドのリンカンシャーで生まれたロバート・インガルス（1563-1617）だ。その息子世代がアメリカに渡ったのは、イギリス人の入植が始まってまだ間もない1628年のこと。それから250年間、19世紀初頭まで、インガルス一族は東部を地盤にして暮らしていた。

1628年、初代マサチューセッツ植民地総督ジョン・エンデコット率いるアビゲイル号に、インガルス一家が乗船していた。11週間の長い船旅だったという。

1692年、セーラムで起こった魔女裁判は、200名以上が魔女として告発され、19人もの人が処刑された。犠牲者の一人、マーサ・アレン・キャリーは、エドマンド・インガルスの孫であった。

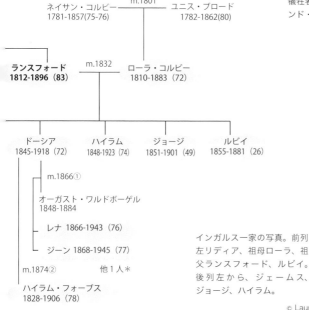

▨＝物語に登場する人
m＝結婚した歳
（）内＝没年

ネイサン・コルビー
1781-1857(75-76)
　　　m.1801
ユニス・ブロード
1782-1862(80)

ランスフォード
1812-1896（83）
　　　m.1832
ローラ・コルビー
1810-1883（72）

ドーシア
1845-1918（72）
　　m.1866①
オーガスト・ワルドボーゲル
1848-1884
レナ 1866-1943（76）
ジーン 1868-1945（77）
　　　　　　　　他1人＊
m.1874②
ハイラム・フォーブス
1828-1906（78）

ハイラム
1848-1923（74）

ジョージ
1851-1901（49）

ルビイ
1855-1881（26）

インガルス一家の写真。前列左リディア、祖母ローラ、祖父ランスフォード、ルビイ。後列左から、ジェームス、ジョージ、ハイラム。

15

インガルス家の歴史

　インガルス一家の祖先で最初にアメリカに渡ったのは、イギリス、リンカンシャー出身のエドマンド・インガルスで、彼は妻や子どもたちを連れて、1628年イングランド南部のウェイマス港から、マサチューセッツ州セーラムに到着した。エドマンドは新しく商売をするために、海を渡る決意をしたようだ。

　エドマンドらが乗ったアビゲイル号を指揮したのは、初代マサチューセッツ植民地総督を務めたジョン・エンデコットで、彼は厳格なピューリタンであった。船にはピューリタンも乗船していたが、エドマンドのように、商売や他の目的のためにアメリカに来たものも多数乗船していた。

　一年後、エドマンドはリンの町の創設メンバーとなり、リンの歴史に名を残した。以後インガルス家は数代にわたってその近郊を拠点として暮らしていた。

上：エドマンドが上陸したセーラムの港。作家ナサニエル・ホーソンが勤めた税関が港に面して建っている。下：リン中心部。エドマンド・インガルスの名前は、町の記録に残っている。

セーラム郊外のダンバーズにある、レベッカ・ナースの家。彼女は無実の罪で処刑された。敷地内には最初に魔女裁判が行われた家も残されている。魔女裁判は不寛容なピューリタン社会の下、発展するセーラムと農村ダンバーズの拡がる格差と緊張感が生んだ悲劇ではないかと考えられている。

セーラムの魔女

　1692年の春、初期入植地の一つマサチューセッツ州セーラムで、村の娘たちが集団ヒステリー状態に陥り、自分たちがこうなったのは魔女の仕業だと訴え始めた。最初は少女たちのいたずらと思われていたが、次第に村中が疑心暗鬼に陥り、「魔女」探しが始まった。一旦魔女と告発された人に刑を逃れるすべはなく、19人もの死刑が執行された。犠牲者の中には、インガルス一族の先祖も含まれている。

　事態を重く見た植民地政府が調査に乗り出して魔女騒ぎはようやく沈静化したが、犠牲者の名誉が公式に回復したのは、なんと300年後の1992年のことだった。

父方の祖父母

　ローラの祖父ランスフォードはカナダ、ケベック州生まれ。10人きょうだいの末っ子である。ランスフォードの父サミュエルは、当時の開拓者が東海岸から北部へ進路を広げていたように、東部ニューハンプシャー州からカナダに移住していた。一家は、ランスフォードが生まれた後カナダを離れ、ニューヨーク州西部キューバに落ち着く。

　ランスフォードは1840年半ばにきょうだいたちとイリノイ州に移り、農場の手伝いをして生計を立てた。その後ウィスコンシン州コンコードで念願の土地を購入するが、借金を返せず、コンコードで出会ったクワイナー一家と行動を共にして、ペピン近郊の大きな森へ移動した。

インガルス一族の流れ。ランスフォードの親の世代がカナダへ渡り、そこからニューヨーク州西部へ入植した。

ニューヨーク州キューバ

　ニューヨーク州西部に位置する酪農が盛んな町で1822年設立。20世紀初頭には「世界のチーズの首都」と称され、現在もチーズが名産だ。1835年にはインガルス一族が定住しており、チャールズもキューバで生まれている。周囲は丘陵地帯で斜面も多く、『大きな森の小さな家』でランスフォードが子どもの頃に、坂でソリ滑りをして飛びだしたブタを引っかけたエピソードを想像させる。

右上：キューバ郊外にあったインガルスロードの標識。この周辺にインガルス一族が住んでいた可能性がある。

左下：キューバは今も酪農が盛ん。右下：キューバの町の名前はカリブ海の島とは関係なく、ローマ好きの測量官が、ローマで女神の意味を表す言葉を付けたのだという。写真は町の中心部にあるチーズミュージアム。

クワイナー家系図

ローラの母方は、祖父がクワイナー家、祖母はタッカー家を祖としている。物語の中でキャロラインの祖先がスコットランド系と示唆するエピソードがあるが、曾祖母マーサ・モースはアメリカ生まれ。マーサ以前の家系ははっきりわかっていない。

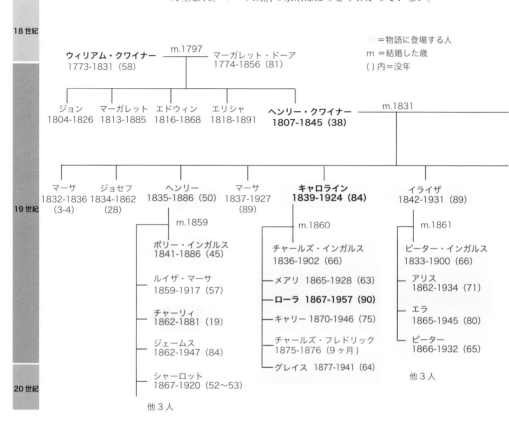

18世紀

ウィリアム・クワイナー
1773-1831（58）　　　m.1797　　　マーガレット・ドーア
1774-1856（81）

□ ＝物語に登場する人
m ＝結婚した歳
（ ）内＝没年

ジョン
1804-1826

マーガレット
1813-1885

エドウィン
1816-1868

エリシャ
1818-1891

ヘンリー・クワイナー
1807-1845（38）　　　m.1831

19世紀

マーサ
1832-1836
（3-4）

ジョセフ
1834-1862
（28）

ヘンリー
1835-1886（50）

マーサ
1837-1927
（89）

キャロライン
1839-1924（84）

イライザ
1842-1931（89）

m.1859

ポリー・インガルス
1841-1886（45）

m.1860

チャールズ・インガルス
1836-1902（66）

m.1861

ピーター・インガルス
1833-1900（66）

ルイザ・マーサ
1859-1917（57）

メアリ 1865-1928（63）

アリス
1862-1934（71）

チャーリィ
1862-1881（19）

ローラ 1867-1957（90）

エラ
1865-1945（80）

ジェームス
1862-1947（84）

キャリー 1870-1946（75）

ピーター
1866-1932（65）

シャーロット
1867-1920（52〜53）

チャールズ・フレドリック
1875-1876（9ヶ月）

他3人

20世紀

グレイス 1877-1941（64）

他3人

他3人

J.K. ガルブレイス著
『スコッチ気質』

スコッチ気質

キャロラインは、「さすがスコットランド仕込みのかあさんだ」と、何度もチャールズに褒められる。スコットランド仕込みとは、倹約家でやりくり上手ということか。ローラも母はスコットランド系だと書いているが、系図でははっきりしない。

だがキャロラインが物持ちが良く、堅実でしっかり者であったのは確かだろう。

スコットランド気質の実直さ、生真面目さは、カナダ、プリンスエドワード島を舞台にした物語『赤毛のアン』の、老兄妹マシュウとマリラに見ることができる。原作者モンゴメリ自身スコットランド移民の子孫で、プリンスエドワード島には、そうした移民たちによる独特のコミュニティが形成されていた。

彼らの真面目な暮らしぶりは、経済学者ガルブレイスの『スコッチ気質』にユーモアたっぷりに描かれている。

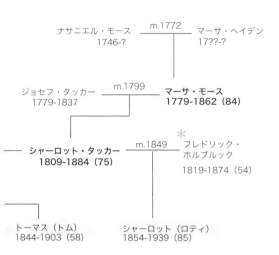

ナサニエル・モース
1746-? ── m.1772 ── マーサ・ヘイデン
17??-?

ジョセフ・タッカー
1779-1837 ── m.1799 ── **マーサ・モース**
1779-1862 (84)

── **シャーロット・タッカー**
1809-1884 (75) ── m.1849 ── ＊フレドリック・
ホルブルック
1819-1874 (54)

トーマス（トム）
1844-1903 (58)

シャーロット（ロティ）
1854-1939 (85)

＊ シャーロットの再婚相手ホルブルックの母方の祖先は、イギリスのナイトの称号を持つ貴族でピューリタンだった。迫害を逃れ 1630 年代にアメリカに渡った。先祖の一人にセーラムの魔女裁判の発端を作った少女アン・パットナムがいる。

左から、キャロラインの義父ホルブルック、弟トーマス、義理の妹シャーロット（ロティ）、母シャーロット。ローラたちを訪ねて大きな森に来たのはこのロティである。
© Laura Ingalls Wilder Home & Museum, Mansfield, MO.

小さな家シリーズ　スピンオフ作品群

　後年、子ども向けにアメリカで出版された創作小説『Little House 』シリーズは、ローラの娘ローズ、母キャロライン、祖母シャーロット、曾祖母マーサをそれぞれ主人公にして、彼女たちの少女時代に焦点を当てた物語である。作者も何人かで分けて書かれた。

　物語によるとマーサ・モースはスコットランドから移民した事になっているが、実際のマーサは、マサチューセッツ州生まれである。

　シャーロットとマーサの物語については、具体的な資料も乏しいことから、ほぼ創作と考えてよいだろう。

　アメリカでは少年少女を対象に、自国の歴史をひもとく読み物が人気で、様々な人種、年代の子どもを主人公にして、子どもの視点で時代を語らせるシリーズが多く刊行されている。

左から、マーサ、シャーロット、キャロライン、ローズの物語で、それぞれが数冊ずつのシリーズになっている。キャロラインの物語とローズの物語は日本でも『クワイナー一家の物語』『新大草原の小さな家』として出版された。

19

クワイナー一家

　ローラの母方の祖母シャーロットはボストン郊外の
ロクスベリー出身で、結婚前は教師をしていた。1831
年コネチカット州ニューヘイブンでヘンリー・クワイ
ナーと結婚。夫と共に西へ向かった。夫婦はオハイオ
州からインディアナ州を経て、ミルウォーキー郊外の
ブルックフィールドに落ち着いた。1845 年、ヘンリー
がミシガン湖の水難事故で死亡したため、シャーロッ
トは女手一つで子どもを育てた。

初期の入植地、ボストン

　クワイナー家の祖先はボストン周辺に入植してい
る。ボストンはアメリカの最も古い都市の一つで、イ
ングランドから入植したピューリタンらが、良好な港
を持つボストンに町を築いたのが始まりである。以後、
長い間アメリカの政治と経済、文化の中心的役割を果
たし、ボストン茶会事件、ボストン虐殺事件など、独
立戦争の舞台にもなった。19 世紀には北部の奴隷解放
運動の中心地となっている。

上：独立戦争前夜、急を知らせたポール・リビアの
像。中：ボストン茶会事件の現場にはレプリカの船
が浮かんでいる。下：ライトアップされている中央
の建物の二階テラスから、ジョージ・ワシントンが
独立宣言を読み上げた。ボストン虐殺事件はこの建
物のすぐ前で起こった。（ボストン）

キャロラインの誕生

　キャロラインが生まれたウィスコンシン州ミルウォーキー郊外のブルックフィールドは、その3年前に初めて家屋が建設されたばかりの新しい開拓地だった。一番古い記録に1840年に最初の男の子が生まれたとあり、1839年生まれのキャロラインがブルックフィールドで初めての白人の赤ちゃんであった可能性が高い。

　キャロラインは開拓者だった両親のもとで、七人きょうだいの五番目として育った。だが、わずか七歳の時に父ヘンリーを失い、母を手伝いながら開拓生活を送っている。キャロラインがしっかり者なのは、幼いうちから下の子の面倒をみながら、家事をこなしてきたという背景がある。

クワイナー家の辿った道のり。コンコードでインガルス一家と運命的に出会う。

上：ブルックフィールドのキャロラインが生まれた場所には、記念する銘板がある。
右下：シカゴから見たミシガン湖。1845年11月10日、大嵐がキャロラインの父ヘンリーを乗せたスクーナー船を飲みこんだ。収入を求めて出稼ぎに出ていたヘンリーは交易の仕事中に事故に遭っている。

ウィスコンシン州コンコード

1848年、キャロラインの母シャーロットは、子どもたちを連れてコンコード近郊に移住し、40エーカーの土地を購入した。コンコードは1841年に測量されたばかりで、農業と酪農の町として発展しつつあった。シャーロットが子ども6人と共に、新たな土地を求めて移住したのは、どのような事情からだったのだろう。

それから5年後の1853年12月末に、インガルス一家が家族を大勢引き連れてコンコードに移住した。偶然にもそこはクワイナー家の土地と川を挟んだ向かい側だった。お互い親しく行き来し、助け合ううちに、3組もの若いカップルが誕生した。

1850年に建てられた当時の丸太小屋。コンコードは農業が中心で、乳製品の工場や雑貨屋で賑わう町だったが、隣のイクソニアに鉄道駅ができて商工業が集中すると次第に寂れた。現在は数軒の家が並ぶのみの寂しい田舎町である。

左上：インガルス家とクワイナー家の間を流れていたオコノモウォック川。ロックリバーの支流になる。左下：川側からインガルス家の土地を臨む。下：コンコードの有力者オースティン・ケロッグ氏の墓。『クワイナー一家の物語』にも、キャロラインに教職を勧めた人物として登場する。

後にシャーロットとホルブルックはコンコードを離れ、8マイル南にあるロームに移住し、晩年を過ごした。写真はロームにあるシャーロットとホルブルックの墓。二人の間にはロティが生まれた。

シャーロットの再婚

　この時代、女手一つで開拓民を続けるのは並大抵ではなかった。シャーロットは針仕事や仕立てをして働き、年上の男の子たちも畑仕事や猟をして手伝ったが、一家の生活はたいへん苦しいものだった。

　シャーロットは、1849年、東部コネチカット州からやってきた若い農夫ホルブルックと再婚した。キャロラインが9歳の時のことだ。

　母の再婚によってようやく生活が安定し、キャロラインは勉学にいそしむことができるようになった。キャロラインがこの頃に書いた詩に、家庭の幸せをかみしめる作品が残っている。キャロラインは16歳の時に教員免許を取得し、結婚するまでの間、母と同様に教師をしていた。

二人の結婚

　インガルス家には10人、クワイナー家には6人の若い娘や息子がいた。お隣同士、日頃から協力して開墾してきた彼らが、やがて人生の伴侶を相手の家族から選んだのは、ごく自然の成り行きだった。

　両家の間ではまずはじめにクワイナー家の次男ヘンリーとインガルス家のポリーが1859年2月に結婚。続いて1860年2月にチャールズとキャロラインが結ばれ、そして1861年、3組目のカップルになったのがインガルス家長男のピーターとクワイナー家のイライザだった。

　チャールズは厳しい開拓生活を共に送るパートナーとして、クワイナー家のしっかり者キャロラインを伴侶に選んだ。

二人の結婚記念写真（1860年）。1836年に発明された写真は、アメリカでは1850年代には庶民が目にするようになっていた。おそらく当時一般的だった湿式写真で撮影されたもので、二人は一番良い服を着て撮影に臨んだのだろう。

ウィスコンシンの開拓農家〜『はるかなるわがラスカル』から

　ローラのかあさん、キャロラインが少女時代を過ごしたのは、ウィスコンシン州コンコードで、ロックリバーの支流オコノモウォック川の岸辺に拓いた農地だった。

　ロックリバーを舞台にした物語がもう一つある。アメリカの作家スターリング・ノースが、自身の少年時代をアライグマとの出会いと別れを通して描いた『はるかなるわがラスカル』だ。

　ロックリバーの支流沿いで、キャロラインとその家族は 1840 〜 60 年代に開拓農民として新しく土地を切り拓き、原野を畑にしていった。一方のスターリングは 1910 年代のロックリバー近郊の町で、馬や人の手で築き上げた開拓農民の暮らしが、自動車や機械に取って代わられていく様子を、寂しさと郷愁を込めて描いている。その間はわずか 50 年。ほんの一、二世代ほどで、開拓時代は遠い過去の記憶となってしまったのだ。

上：クワイナー家の横を流れていたロックリバーの支流、オコノモウォック川。下：スターリングがラスカルを育てた家（ウィスコンシン州エジャトン）

スターリングがラスカルと遊んだロックリバーの流れ。

2
インガルス一家の物語

ウィスコンシン州ペピン 1872

「大きな森の小さな家」

ローラは五歳。ウィスコンシン州の大きな森の丸太
小屋に、とうさん、かあさん、姉のメアリ、妹のキャ
リーと住んでいた。物語は秋の保存食作りからはじ
まる。森での一年間の暮らしが、好奇心いっぱいの
ローラの目を通して生き生きと描かれる。

上：ペピンから7マイルほど北に「大きな森の小
さな家」があった。現在の小屋は、原作を元に再
建したもの。中：大きな森はその後開墾が進み、
かつての森は小さく点在するのみ。左下：大きな
森の家には高価なガラス窓がついていた。窓の外
にオオカミが二頭いたエピソードが印象深い。右
下：いつでも暖炉の前は家族の集まる場所だった。

写真：『大きな森の小さな家』恩地三保子訳　福音館書店

大きな森の小さな家
〜秋〜

家畜小屋

母屋

カシの木

ブランコ

くん製を作る
ウロになった丸太

森を拓く

　ローラの祖父母が入植した1840年代の
ウィスコンシンは、東部から行けるもっとも
西にある開拓地で、当時は深い原生林に覆わ
れた人家稀な地域だった。開拓者がまず行っ
たのは、材木を切り出す道を作ることで、は
じめに乗馬用の道ができ、次第に荷馬車が通
れる幅に広げられた。

　樹木は切り倒したり、樹皮をはいで枯らし
て倒した。木を倒す以上に大変なのは根っこ
を掘り起こすことだった。開拓者は長時間の

過酷な労働に耐えながら、斧やのこぎり、牛
馬を使い、ほとんど機械の力を借りずに森を
耕作地に変えていった。

　当時は誰もが木や森林を目の敵にしていた。
彼らの努力の結果、19世紀前半までに、アメ
リカ東部の広大な森林地帯が農地へと変わっ
た。後にチャールズが大草原を見て「ここに
は切り倒す木も、掘り起こす切り株もない」
と喜ぶのは、幼い頃から木と奮闘した体験か
ら滲み出た言葉だ。

収穫の秋の場面から物語は始まる。全てが雪に閉ざされる長い冬に備えて、作物を収穫し、森で獲物を狩り、家畜をと殺する。それらを保存用に加工し、一家が春まで食べていく分を全てまかなうのだ。

■ Information
最寄りの町　ペピン
町までの距離 7.5 マイル

大きな森の小さな家の
見取り図　（想像図）

ガラス窓　　　　屋根裏部屋への階段

窓

暖炉　　居間　　ストーブ　　寝室

地下室の入口

食料庫

ガラス窓

さしかけ小屋

ドアは表と裏の2カ所

農地

野獣から家畜を
守る柵

家も家具も、腕利きの大工であったチャールズの手作りだ。一階には大きな居間と寝室、食料庫があり、屋根裏部屋は食料貯蔵庫になっている。食糧庫は地下にもあったという。外のさしかけ小屋は物置に使うほか、燃料や農具入れ、冬の間、獲物の肉を凍らせたまま一時保管する場所に使った。こうしてみると食糧の備蓄に必要なスペースが多いのが分かる。

大きな森の小さな家
〜夏〜

石の暖炉

さしかけ小屋

（図は原作と復元された建物を参考に起こしたもの）

ペピンの入植者

　ペピンは 17 世紀半ばに、フランス人探検家の兄弟二人に対して、ルイ 13 世が与えた土地だった。ミシシッピ川が湖のように広がったこの地域は、アメリカの領土に組み込まれるまではフランスの支配下にあった。湖の名もフランス人兄弟の姓から付けられ、後にそれが町の名前になった。

　初期の移民は、東海岸から来たヤンキーたちが中心だったが、19 世紀半ば以降、次第にドイツ系や北欧系の移民が増えた。特にペピン周辺には北欧からの移民が多く、物語にも英語が話せないスウェーデン人夫妻が登場する。彼らは独自の文化を持ったまま、同国人同士でコミュニティを築いていた。

左上：チャールズの固定資産税の書類。右上：ペピン付近を走る貨物列車。ペピンはミシシッピ川の南北を結ぶ港として発展したが、ペピン周辺は浅瀬で大きな船が入れないため、やがて川沿いに開通した鉄道に取って代わられた。下：早朝のペピン港

ペピン付近のインガルス家

ペピンが位置するのはウィスコンシン州西端のミシシッピ川沿いである。大きな森はそこから北へ7.5マイル。インガルス家の祖父母やチャールズのきょうだいたちは、近くに集まって住み、お互いに助け合っていた。

最終的に祖父母はもっと北のウエブスターに落ち着いた。一族の墓もそこにある。

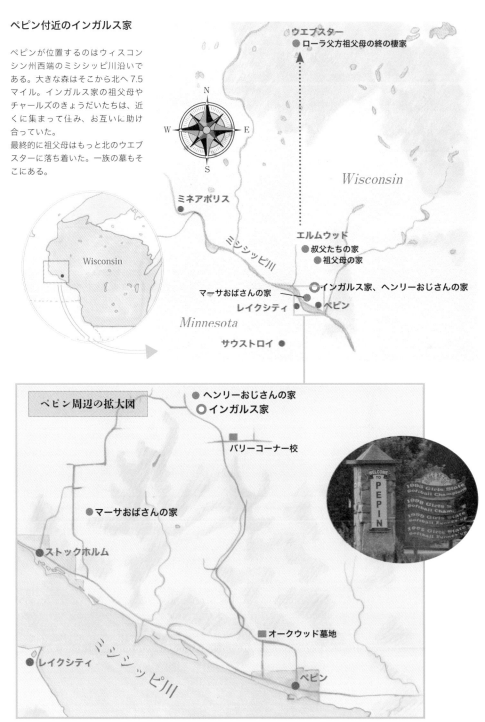

ウエブスター
● ローラ父方祖父母の終の棲家

Wisconsin

● ミネアポリス

ミシシッピ川

エルムウッド
● 叔父たちの家
● 祖父母の家

マーサおばさんの家 ── ◉ インガルス家、ヘンリーおじさんの家
レイクシティ ● ● ペピン

Minnesota

サウストロイ ●

ペピン周辺の拡大図

● ヘンリーおじさんの家
◉ インガルス家

■ バリーコーナー校

● マーサおばさんの家

● ストックホルム

■ オークウッド墓地

● レイクシティ

ミシシッピ川

● ペピン

ローラの親戚

　チャールズの祖父母やきょうだいたちがペピン近郊に落ち着くと、彼らはそれぞれ独立して自分たちの土地を持った。そして収穫などで人手がいるときは互いに声を掛け合った。

　ローラの祖父ランスフォードは、大きな森の家から17マイル北にあるエルムウッドに入植し、大きな丸太小屋を建てた。物語に描かれているサトウカエデのシロップ集めや、ダンスパーティが行われたのも、このエルムウッドだ。

　しかしランスフォードはそこに永住はせず、息子のジョージとハイラムを連れてずっと北にあるウエブスターへ移り、そこで晩年を迎えている。

左上：ウエブスターの郊外にあるオレンジ墓地。祖父母をはじめ、その地で生涯を終えたインガルス一族が眠る。
右上：ランスフォードの名前が記載されたエルムウッドの土地区分図 (1877 年)。下：現在のエルムウッドのランスフォードの土地付近。開拓が進み、サトウカエデの森があったという当時の風景を想像するのは難しい。

マーサおばさん

　キャロラインの姉マーサ・ジェーンは、チャールズ・カーペンターと結婚してペピンの隣町ストックホルムの郊外に住んだ。マーサは 14 人もの子どもを育てながら 160 エーカーの農家の妻として一生を過ごした。物語には登場しないが、後にローラの求めに応じて、マーサが憶えていたキャロラインの思い出を手紙で書いて送った。それらが「小さな家」シリーズを書く上でとても役に立ったという。

　マーサの手紙が元になって、後年他の作家によって『クワイナー一家の物語』も書かれた。

右：マーサが生涯を過ごしたストックホルムの農場。私有地へ至る道路名にカーペンターの名が付けられている。

ローラの親戚と南北戦争

　ローラの生まれる前に終結した南北戦争（1861 ～ 1865 年）は、アメリカを二分した戦いだった。工業化がいち早く進んだ北部と、大規模な農業で自由貿易を望む南部との社会構造の衝突であった。

　ウィスコンシン州は設立時から自由州で、奴隷制に反対の立場を取り、北軍として 92,000 人もの兵を戦争に送っている。インガルス家では、23 歳のジェームス、19 歳のハイラムが兄弟そろって入隊し、一番下のジョージは、わずか 13 歳で北軍の鼓笛隊に志願して家を飛び出している。三人とも無事に戦争から帰ってきたが、末息子ジョージについては「すっかり荒男になってしまった」と、ばあちゃんは嘆いている。ジョージは軍隊で覚えた悪い習慣から抜けきれず、牛を盗んで捕まったこともあった。チャールズに似て音楽好きのジョージだったが、幼かったローラにも怖い印象を与えていたようだ。

　一方クワイナー家ではキャロラインの兄ジョセフが出征したが、南北戦争初期の激戦となったテネシー南西部のシャイローの戦い（1862 年 4 月）で命を落としている。

　南北戦争終結後、アメリカは近代国家へ大きな一歩を踏み出すが、その産みの苦しみは戦場から遠く離れた大きな森のインガルス家とクワイナー家にも降りかかっていたのである。

キャロラインの兄ジョセフが命を落としたシャイローの戦い。激戦の末グラント将軍率いる北軍が勝利を収めた。

雑貨屋

　開拓地に人が増えてくると、真っ先に雑貨屋が開店した。雑貨屋は食品や金物、布地を扱うだけでなく、薬や本、アクセサリー、農機具まで扱った。開拓地ではお金も一応流通していたが、物々交換も普通に行われていた。チャールズが毛皮を売って、布地やタバコ、砂糖などの生活用品と交換したように、卸問屋も行う何でも屋で、町中の情報が集まるインフォメーションセンターでもあった。

ペピン湖

　ペピン湖は湖という名がついているが、ミシシッピ川がペピン周辺で川幅が広がった部分の名称だ。ミシシッピ川は高低差がほとんど無く、水量が豊かであることから、アメリカの水上交通の要として、古くからアメリカの物流を支えてきた。

上：ペピンにある雑貨屋。下：開拓時代の雑貨屋を再現したもの（オールドウィスコンシン野外博物館）

ペピン湖の岸辺には、磨耗して角が取れた色とりどりの小石が落ちている。『大きな森の小さな家』で、森の生活しか知らないローラが夢中で集めるが、石を入れた重みでポケットに穴が開いてしまう。

ブタ

　ブタは自給自足の生活にはなくてはならない家畜である。世話いらずで、ドングリや野菜クズなど何でもよく食べ、ふんはよい肥料となった。鼻で地面をほじくり返すので、ブタを放した土地はきれいに耕される。食料が手に入りにくくなる冬に向けてと殺して肉にするが、ブタは成長すると100kgを越え、その解体は『大きな森の小さな家』にあるように、複数人で行う大仕事であった。

ブタは狩りの獲物が少ない冬を越すために貴重な食料だった。（オールドウィスコンシン野外博物館）

牛とバター作り

　ミルクやバター、チーズを得るために、牛の飼育は重要だった。ミルクが得られるのは出産後の雌牛がいて、その牛が乳を出すおよそ10ヶ月の間のみで、乳はバターやチーズなどに加工して保存しておく。また、雄の牛も肉用だけでなく、開墾や荷車を引くにも有用で、馬ほど速くはないが、力も強く、馬ほどえさを選ばないため開拓者に重宝された。

左：ミルクからバターを作る道具バターチャーン（ローラ・インガルス・ミュージアム／ペピン）　右：脂肪と乳清に分かれたら、塩を入れてボウルでこねる（パイオニア博物館）

メイプルシロップ作り

　早春、寒暖の差が激しくなってくるとサトウカエデの樹液が動き出す。その時がメイプルシロップの採取時だ。チャールズは、その時期に降る雪を砂糖雪といい、メイプルシロップ作りの合図なのだとローラに説明した。サトウカエデが甘い樹液を出すのは一年のうちわずか2週間前後。祖父の元にチャールズたち兄弟が手伝いに駆けつけるのは、その短い期間に手早く協力して作業するためだ。

　サトウカエデが自生するのは世界でも北アメリカの北東部のみである。メイプルシロップは元々インディアンの食用で、彼らは採取技術をフランス人開拓者に伝えた。一家がいたウィスコンシンもメイプルシロップ作りが盛んな地域である。

メイプルシロップを集める容器。40リットルの樹液を煮詰めて採れるシロップはわずか1リットル程度だ。（バーモント州）

エリー運河の開通とウィスコンシン入植

　ローラが生まれる40年ほど前、アメリカで数多くの運河が作られた時代がある。蒸気船が実用化され、水運が物流の花形だった頃のことだ。この運河建設ラッシュのきっかけの一つとなったのがエリー運河の成功だ。

　アメリカ東部と中西部を隔てるアパラチア山脈は標高こそ1000m前後だが、山並みが幾重にも折り重なり、建国以来人々の移動、とりわけ物流の大きな障害となっていた。例えば1800年頃、ニューヨークから600マイル程（1000km弱）の距離にある五大湖のほとりのデトロイトまでは陸路で4週間もかかる道のりだった。

　内陸部で生産される農産物は輸送に時間がかかり、また輸送費もかさむため、海外とつながり一大消費地でもある東部との間に、より速くたくさんの物が運べる手段の確立が求められていた。そこで計画されたのがエリー運河である。

　この運河は、アパラチア山脈の切れ目であるモホーク峡谷を通り、ニューヨークを流れるハドソン川上流のオールバニーと五大湖の一つエリー湖を結んだ。全長363マイル（約580km）。計画当初は膨大な費用などに懸念の声もあがったが、1825年10月26日に全てが開通すると、物流が飛躍的に向上し、多くの開拓民が内陸部を目指す契機ともなった。

　運河は運河沿いのニューヨーク州北部にも発展をもたらした。チャールズはエリー湖に近い町ニューヨーク州キューバで、1836年に生まれるが、それは人々がエリー運河を通り、内陸を目指していた時代の真っ只中だった。

　インガルス一家はその後人波に背中を押されるかのように、さらに西のイリノイ州、そしてウィスコンシン州へと移り住んでいく。

開通間もない1825年頃のエリー運河。当時船には動力がついていなかったので、船の航行は引き馬であった。

開拓の暮らしと犬

　開拓者の暮らしは、利口な番犬がいるかどうかで安全が大きく左右された。利口な番犬さえいれば、危険を知らせ、オオカミから家族や家畜を守ってくれる。インガルス一家には、ブチのブルドックのジャックがいた。『大草原の小さな家』で旅の途中に川でジャックを見失ってしまう場面がある。幸いジャックは生還するが、一家は愛情からくる悲しみと同時に、その先の生活への不安におののくほどだった。

ローラと愛犬ジャック（ヘレン・スーウェル画）

キャンザス州モントゴメリ郡 1874

「大草原の小さな家」

「大きな森」の家を後にして、インガルス一家はキャンザスに希望の土地をもとめて旅立った。幌馬車でいくつもの州を越え、ようやく希望の土地を見つけたとうさんとかあさんは、力をあわせて大草原に我が家を作っていく。ローラ六歳から七歳までの一年間の物語。

写真：『大草原の小さな家』恩地三保子訳　福音館書店

右上：当時の面影を残す未舗装の道路（モントゴメリ郡）。右：果てしなく広がるキャンザスの大草原。インガルス家の跡地付近からは遠くクリーク沿いに緑の森が連なって見える。下：チャールズは水を得るため、クリークに近い場所に家を建てた。クリーク沿いに生える低木で作った小屋は、木も細くおそらく隙間だらけではなかっただろうか？

大草原へ

西部の開拓を夢見たチャールズは、家族を連れて小さな幌馬車で大草原に向けて旅立った。出発は冬。凍結したミシシッピ川の上を馬車で渡るため、一家は冬の間に旅立つ必要があった。

物語ではペピンからまっすぐキャンザスへ向かっているが、実際はミズーリ州まで親戚のヘンリー一家と行動を共にしたという。単独の旅はあまりにも危険とリスクが大きく、親族などと集団で移動することは普通だった。

インガルス家はロスビルでしばらく農場の手伝いをしたという説もある。その後一家はヘンリーたちと別れ、自分の農地を求めてキャンザスへ向かった。キーテスビルで政府がもうすぐキャンザスの土地を開放するらしいという情報を得たのかも知れない。

行程想像図。走行距離は 600 マイル（1000 キロ）以上にも及んだ。物語ではインガルス家は単独で行動し、まっすぐモントゴメリ郡に向かっている。

左：ペピンの対岸にあるミネソタ州レイクシティは、ミシシッピ川の水運で栄えた町だ。インガルス家はここでしばらく滞在している。彼らが泊まったとされるホテルは、川に突き出た三角形の部分にあった（当時の地図より）
左下：インガルス家が泊まったブラウンズホテルの跡地から撮影した三角形の港。現在はヨットハーバーになっている。右下：早朝、レイクシティからミシシッピ川越しに対岸のペピンを見る。

馬車の旅

開拓民が移動に使用していた馬車はさほど幅が広くなく、家財道具を全て積んでいくため、人が乗るスペースは限られていた。窮屈で、乗り心地も悪く、そのうえ舗装されていない道には石や倒木、生茂る野草など障害も多く、ぬかるみで立ち往生することもたびたびだった。猛獣や強盗に遭う危険もあった。宿屋があれば屋根の下で一息つけたが、たいていは周囲が原野だったので、基本は馬車に寝泊りしていた。

大草原の小さな家跡にある馬車。幅は大人2人が並んで座れる程しかない。

幌馬車

開拓地の幌馬車は、特別に作られたものではなく、ごく普通の荷馬車に幌を掛けただけのものがほとんどだった。

家財道具はさほど多く積み込めなかったが、チャールズは道具さえあれば家も家具も自分で作れたので、荷物は最小限で済んだのかも知れない。

インガルス家の幌馬車（想像図）

幌のキャンバス地は、現地で臨時の屋根やカーテンになった

カンテラ

バターチャーン

水を入れた樽

銃。害獣から人や家畜を守るため、また獲物を捕るための必需品だった

牛のくびき

ポット

衣類の箱

樽の中に小麦を入れ、そのなかに卵や陶器など壊れやすいものを入れた

スパイダー（足つき鍋）

大草原の小さな家
〜夏〜

母屋

干し草

家畜小屋

井戸

インディアンの古い道

畑

チャールズが自分の土地と決めた一角は、オーセイジ族の居住区内にあり、開拓者には開放されていなかった。チャールズは当初気がつかなかったのかもしれないが、すぐ家の前を横切るように彼らの通り道があった。
（図は原作と復元された建物を参考に起こしたもの）

■ Information
最寄りの町　インディペンデンス
町までの距離 13 マイル

N
W E
S

■マウントホープ墓地

インディペンデンス

バーディグリス川

Kansas
モントゴメリ郡

オニオンクリーク

タン先生の家

●エドワーズおじさんの家（？）
◎ローラたちの家

Nebraska

Kansas

Oklahoma

＊エドワーズおじさんのモデルの一人、メイソン氏の家。モデルは複数いて特定されていない。

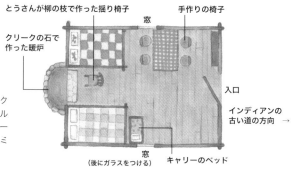

とうさんが柳の枝で作った揺り椅子　　窓　　手作りの椅子

クリークの石で
作った暖炉

入口

インディアンの
古い道の方向　→

木や石などの家の材料は近くのク
リーク床から調達した。チャール
ズは、近隣の人の助けを得て、一
部屋の住まいと、家畜をオオカミ
から守る馬小屋と井戸を作った。

窓
（後にガラスをつける）　　キャリーのベッド

開拓地の仕事　～インガルス一家の大草原の一年間～

暖かいキャンザス州では冬小麦として秋に種を播く。チャールズは
まず家作りと開墾の両方に取り組んだ。

春小麦：春に種をまく
（冬の寒さが厳しい地域）

エン麦

小麦

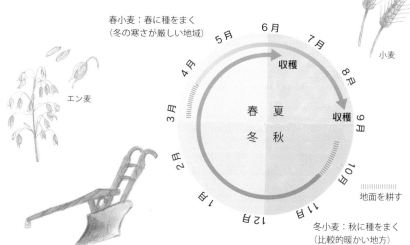

6月

5月　　　7月

4月　　　8月

3月　　収穫　9月

2月　春　夏　10月

冬　秋

1月　　　11月

12月

地面を耕す

冬小麦：秋に種をまく
（比較的暖かい地方）

春	夏	秋	冬	春
開墾 畑作り	野菜栽培 放牧 害獣退治	小麦の種まき、干草作り 作物の収穫 保存食作り 狩猟	買い物 家畜の世話 種の用意 羽布団作り	
インガルス家到着 エドワーズ手伝う 家作り 馬小屋作り	暖炉作り 井戸掘り	おこり熱に罹る	暖炉の火事 クリスマス	大草原の火事

実際のインガルス一家

物語では 1874 年春にモントゴメリ郡に到着したことになっているが＊、実際のインガルス一家が入植したのは 1869 年 10 月であった。物語では一家が入植した年を 4 年後に変えたほか、町までの距離や出来事も、多少実際とは異なっている。

実はキャンザスに来た時、ローラの年齢はわずか 2 歳。当時の記憶はほとんど無く、執筆を始めた時には父母もメアリも亡くなっていたので、生前聞いて覚えていた話を元に創作した。ローラは物語を書くにあたり、かつて住んでいた土地を探しにも行ったが、見つけられなかったという。インディペンデンスまでの距離感などが実際と違うのはそのためであろう。

＊ローラの年齢で計算。物語には表記は無い。

インディペンデンス

チャールズが生活必需品を購入しに行く町として登場するインディペンデンスは、1869 年、オーセイジ族から 50 ドルで購入され、1870 年に正式に町になった。物語では往復に馬車で 4 日かかったとあるが、実際の距離は片道 13 マイルなので、日帰りも可能かもしれない。

インディペンデンスの町。町の名前は独立宣言にちなんで付けられた

町の周囲を流れるバーディグリス川。バーディグリスとは緑青という意味。当初、この川から南西側はオーセイジ族の土地という取り決めがされたが、開拓者は次々に川を越えて来た。川を越えた人々の中にインガルス家も含まれていた。

開拓者とインディアン

　ヨーロッパ人がアメリカ大陸を「発見」する前、北アメリカには地域ごとに多種多様な文化と言葉をもつ何百万もの人々が自治社会を営んでいた。部族間の争いはあったものの、土地は共有の財産だとして、長い間、共存共栄してきたのだ。彼らはインディアン社会の習慣として、当初ヨーロッパ人を客人として迎えたが、残念なことに、入植者の多くは、排除と強奪でそれに応えてしまった。

　例外はあった。毛皮の交易を目的としていたフランス人は、インディアンとの友好関係を望み、オランダ人は商売相手として共存の道を選んだ。しかし東部に入植したイギリス系の人々、特にアメリカ建国に大きな影響を及ぼしたピューリタンは、アメリカ大陸は神が我々に与えた土地だという強い信念を持ち、それを阻止しようとするインディアンたちによい感情は持っていなかったようだ。

　同様に南部に入った入植者も、彼らを奴隷か、農地の拡大に邪魔な存在だと位置づけた。新大陸に来た人の多くは、土地の所有拡大のために、あるいは信仰心からであったとしても、悲しむべきことにインディアンを邪魔な存在とみなしてしまった。

　彼らは土地の私有概念がなかったインディアンから住処を奪って西に追い払い、彼らの数を減らそうと、食糧であるバッファローを絶滅させることにすら真剣に取り組んだ。インディアンは痩せた荒野で困窮し、飢え、白人の持ち込んだ病気で急激に数も減らした。

　物語の中で、インディアンがローラたちの家に入り、毛皮や食べ物を持ち出してしまう場面がある。だが常に飢えていた彼らにとって、かつて住んでいた土地から食べ物を得ることに、泥棒の意識はなかったのかもしれない。キャロラインがインディアンを忌み嫌う場面が何カ所かあるが、あの時代、インディアンが白人を襲撃する危険は現実のものであった。

　ローラ自身は「ここはインディアンの国だと思ってたんだけど。インディアンはおこらないかしら」『大草原の小さな家』恩地三保子訳　福音館書店刊と幼いローラの言葉を読者に投げかけている。

インディアンの少女と遠征隊

1804年、ルイス・クラーク遠征隊によるアメリカの地勢調査に、通訳と案内人として同行したのがサカガヴィア（1787-1812）というシャーショーニー族の16歳の少女だった。彼女は生まれたばかりの我が子を連れながらも、的確に一行を導き、彼女の知恵と勇気で旅は成功した。この時期にはインディアンと白人の間には助け合う友好的なムードもあった。
左：ルイス・クラーク遠征隊とサカガヴィア。
右：1ドル硬貨に刻まれたサカガヴィア。

エドワーズおじさん

　まるで魔法使いのように現れて、インガルス家のピンチを助けてくれるエドワーズは、インガルス家の隣人の複数の人物を元に創造されたキャラクターだ。彼はローラたちにとって幸せを運ぶサンタクロースのような存在だった。モデルの一人と言われるエドマンド・メイソン（1846-1906）は、モントゴメリ郡のインガルス家の近くに住んでいた。エドワーズおじさんと違い、彼は結婚して子どももいたようだ。

サンタクロース

　サンタクロースの起源になった3〜4世紀頃の聖人ニコラウスは、子どもたちに贈り物をしてくれるとして、中世ヨーロッパで広く知られる存在だった。アメリカではピューリタンの影響が強かったので、カトリックの聖人を祝う習慣が根付かず、一般化するようになったのは19世紀に入ってから。その契機になったのが1823年にアメリカの新聞に掲載された詩『A Visit from St. Nicholas』（クリスマスがやってくる）で、後のサンタクロースやクリスマスのあり方に大きな影響を与えた。

　ローラたちが思い描いた"トナカイに乗ってくる太ったヒゲのおじいさんが靴下にプレゼントを入れる"というサンタクロースのイメージは、その詩が由来かと思われる。

　サンタクロースの赤い服の色は、元来カトリックの司祭の祭服からきているが、1931年のコカコーラ社のポスターが、そのイメージの定着に一役買っている。

上：インガルス一家の農場跡近くにあるメイソン氏の墓。下：クリスマスの晩、エドワーズおじさんはオニオンクリークを渡ってローラたちにプレゼントを持ってきてくれた。

『A Visit from St. Nicholas』作者はクレメント・クラーク・ムーアとされている。きれいな韻を踏んだ詩で、アメリカではクリスマスシーズンに朗読されている。挿絵にもローラたちのように靴下を下げる場面が描かれている。図は1864年版

井戸掘り

　井戸掘りには危険が伴う。地盤によっては掘っている途中に井戸の壁が崩落する可能性もある。また井戸の底は酸素濃度が低くなることもあり、場合によっては死に至る。物語の中で手伝いに来たスコットさんが倒れたのは酸欠、もしくは天然ガスだったのかもしれない。

羊飼い人形

　キャロラインが大切にしている陶器の人形。どのようなデザインだったのか、物語の記述を元に各地のローラミュージアムにはさまざまな人形が展示されている。近年キャリーの遺品から出てきた人形は、少年のような出で立ちの人形だったという。

上：インガルス家の井戸跡。下：左から、大草原の小さな家、測量技師の家、ウォルナット・グローブのそれぞれのミュージアムの羊飼い人形

オーセイジ族

　インガルス一家が家を建てた場所は、本来オーセイジ族の居住地だった。オーセイジ族は、17世紀頃まで大草原地域最大の部族として暮らしていたが、戦争やヨーロッパ人が持ち込んだ病気で次第に数が減り、生活の場が縮小し、常に困窮し、飢えにさらされていた。

　19世紀中頃、オーセイジ族はアメリカ政府によって領有権を保障されていたキャンザス州を中心に生活していたが、1870年初頭、東から次々と不法に押し寄せる白人入植者を見て、政府に領土の保障を求め、オクラホマ州北東部に土地を購入して移住する。そこは岩ばかりで耕作に適さない荒れ地だったが、後日アメリカ最大の油田が発見されたことから、「銀行家がねたむほど安定した収入を享受」するようになり、一人当たりの資産が世界一多い部族となった（1922年の計算）。

　しかし全ての売買に白人の後見人の許可が要るなど、一人前の人としての扱いはされなかっ

た。鉱業権に目を付けた白人が収益を奪おうとした、オーセイジ・インディアン殺人事件（1921年）に見られるように、その後も苦難の歴史を刻んでいる。

オーセイジ族の長ソルダト・ドゥ・チェーン。「偉大な勇者」という意味の名を持つ実在の人物で、物語ではローラたちが出会った事になっているが、時代にずれがある。

タン先生　〜開拓地の黒人医師〜

　ローラたちがおこり熱で苦しんでいたとき、救いの手をさしのべたのが、アフリカ系の医師タン先生だ。彼は当時インガルス一家の住んでいたところからわずか1マイル北に住んでいて、その地域を担当していた医者だった。

　ジョージ・A・タンは、1835年11月27日（墓碑銘では1825年）、ペンシルバニア州ライコミング郡で生まれた。父親は農家の小作人だったが、ジョージが成長する頃には一財産を築いていた。彼は当時の黒人の子どもの常として特に公式の教育は受けておらず、農場で働きながら、独学で学問をしたと考えられている。

　結婚後は行商をしながら医学を学び、ホメオパシーの知識を得、さらに南北戦争中は軍医として従軍し、骨接ぎなどの技術を習得している。

　キャロラインの出産を手伝ったのもタン先生だ。彼の助産技術はモントゴメリ郡で広く知られていたという。（物語と違い、実際にキャリーが生まれたのはキャンザスにいたときである）

　インガルス一家がウィスコンシンに帰った後＊タン先生はそこから少し離れたウェイサイドという町の近くに病院を開設し、入院が必要な人や家で療養が出来ない人などのためのホスピタルハウス＊も併設した。彼は黒人や白人、インディアンの分け隔て無く公平に診察し、診療費も良心的だったため人望も厚かった。また160エーカーの自作農地で多くの家畜を飼い、農業を営む経営者でもあった。

　タン先生がこの地域で活動していた頃、キャンザスやオクラホマの辺境地では、ほとんど人種差別がなかったという。開拓初期という混乱もあり、人種を越えて困難を乗り越え、助け合う空気があったのだろう。そういう中でタン先生は、医療行為を行うことができ、同時に豊かな財産を持つことができたのではないだろうか。しかし19世紀末には南部を中心に黒人に対する暴力事件が増加し、再び暗黒の時代を迎えてしまう。

＊物語ではウォルナット・グローブへ向かう。
＊アメリカで世界初のホスピタルハウスが出来たのは1970年代。タン先生の先見性に驚かされる。

おこり熱

　インガルス一家が罹った病は、マラリアではないかと言われている。マラリアは主に熱帯、亜熱帯で流行する感染症だが、かつてはアメリカ南部にも土着のマラリアがあった。当時はまだ、蚊が媒介することは知られていなかったが、じめじめしたクリーク床で蚊が大量に発生した後、一家は次々に病気に罹っている。ローラがタン先生に処方された苦い薬はキニーネといって、マラリアの特効薬であったが、当時は大変高価な薬だった。

1909年タン先生は、心臓発作で亡くなった。地域住民はタン先生の業績をたたえ、通常の黒人専用墓地にではなく、公共墓地の中心部に彼を埋葬した。（マウント・ホープ・セメタリー／インディペンデンス）

開拓地のくらし

　開拓地では、生活に必要なものは何もかも自分たちで調達しなければならなかった。小さな幌馬車に、家財道具、家や畑を作るための農機具や工具を積めるだけ載せ、家族は残った隙間に乗って目的地への長い旅をした。

　苦難の末にたどり着いた入植地も、大抵は原野だったので、農業をするための開墾や灌漑なども、すべて開拓者の手に任された。機械も十分な道具もなく、彼らは中世以来の原始的な鋤と牛馬で大地を拓いた。人手も家族のほかには期待できなかった。そうして苦労して耕作した畑も、不意に襲う日照りやバッタ、野火などで全滅することもあった。

家族の役割

　開拓地にはやるべき仕事が無限にあった。男は開墾や畑仕事、木こり、大工など腕力の要る仕事で、主に食料と生活必需品の調達に携わり、女はその加工と育児、衣類作りなどの布仕事を受け持った。そのため夫か妻の一方が欠けると、生活は直ちに滞った。

　開拓時代には、父親が家庭の運営や仕事については絶対的な権限を持っていた。子どもは成人するまでは父親に服従すべき存在であり、農家の子どもは、早くから家事手伝いや乳搾り、農作業に従事し、近隣に学校があっても農業の閑散期しか通えないことも多かった。

上：家具も寝具も衣類も、そして家も全てが手作りだった。キャンザス州の大草原の小さな家（復元）。下：少しの布も無駄にしないように作られたクレイジーキルト（バーオーク）

インガルス一家のある日の食事

Morning
　ベーコンとコーヒー、
　パンケーキ、糖蜜

Lunch
　とうもろこしの焼きパン

Dinner
　ウサギと草原ライチョウのロースト

大草原では、持参してきたもの以外、現地調達で自分たちで食品に加工した。食料は狩りの出来不出来や、季節、天候に常に左右された。

トウモロコシは主食であり貴重な飼料でもあった。しかし除草や土寄せなど、晩春から夏の終わりまで途切れることなく世話が必要な上、野鳥等の害も多く、育てるのは大変だった。（デ・スメット）

49

失われる自然

チャールズは狩りの獲物と新たな居住地を求めて西へ進んでいった。皮肉にもそうした開拓者の行動が、野生動物の生息エリアをどんどん狭めていった。

17世紀初頭、イギリス人たちが東海岸に到着した頃、アメリカは地上の楽園だった。あらゆる動植物が豊穣の地に暮らしていたが、開拓時代のわずか100年足らずで、いくつかの種は絶滅に追い込まれている。長年インディアンは自然と調和を保ちながら暮らしたが、残念なことに開拓者は、節度と先を見通す英知を持た

なかった。

開拓によって大草原を覆っていた草は徹底的にはぎ取られ、豊かな森林は開墾された。その結果、大地は保水力を失い、大規模な砂漠化と気象の変動を引き起こしている。ジョン・スタインベック作『怒りの葡萄』は、1930年代のオクラホマ州の荒廃してしまった農地と農民の苦悩が描かれているが、過度の地下水くみ上げと、小麦やトウモロコシなどの単一栽培による土壌の疲弊が、現在もアメリカの農業の深刻な問題となっている。

アメリカバイソン（バッファロー）

北アメリカで最も体重の重い動物で、体重は1トンにもなる。かつて北アメリカに広く群れで生息していた。しかし19世紀になって開拓者らが食用やスポーツのため、またアメリカバイソンを生活の糧にしていたインディアンを減らすため、5000万頭ものアメリカバイソンの殺戮を行った。チャールズがキャンザス州に入植した1870年頃には、すでにその姿は見られなくなっていた。

アメリカバイソン。チャールズがアメリカバイソンの毛皮のコートのおかげで、凍死を免れる記述がある。バイソンの毛皮は分厚く、とても断熱効果が高かった。

オオカミ

イヌ科の中で最も大型で、家族を中心に群れで行動する。家畜を襲うことがあるため、長い間オオカミは、人間の敵として憎悪の対象になっており、ローラも「小さい女の子を食べる」ものと思っていた。

しかし近年の研究では、アメリカのシンリンオオカミが人間を襲うことはなく、ごく稀に人間を襲う場合は、狂犬病の個体か、人間がオオカミの餌を狩り尽くした場合のみだという。

ウィスコンシン州のシンリンオオカミ。ローラはオオカミに畏敬の念を覚えていた。（ウィルダネス・ウォーク動物園／ウィスコンシン州）

開拓地の音楽

　ローラの物語を彩るのはチャールズの歌とバイオリンだ。『大きな森の小さな家』から『わが家への道』まで実に180近くも歌の場面が出てくる。イギリス民謡、讃美歌、行進曲と、ジャンルも様々だった。耳が良かったチャールズは、当時の流行歌なども覚えてレパートリーを増やしていた。フォスターの曲もよく歌われ、インガルス家のいた辺境の開拓民にまで広く親しまれていたのがわかる。

とうさんとバイオリン

　チャールズがどういう経緯でバイオリンを入手し、上手に弾けるまでになったのかは分からない。チャールズのバイオリンは、ドイツで「アマティモデル」として、19世紀中期に大量生産されたものだと言われている。

スティーブン・コリンズ・フォスター（1826-1864）アメリカ民謡の父と言われる。『おおスザンナ』『ケンタッキーのわが家』『故郷の人々』など、インガルス家は好んで唄った。

チャールズのバイオリンは、彼の死後ローラに託され、現在はマンスフィールドのローラ・インガルス・ワイルダー・ホーム＆博物館に展示されている。

とうさんのレパートリーより

ヤンキードゥードル
Yankee Doodle

元々イギリス軍がアメリカ兵をからかう内容の歌だったが、南北戦争時には北軍が好んで歌った。日本では『アルプス一万尺』として定着している。

ポンとイタチがはねた
Pop Goes the Weasel

1700年代からあるイギリスのダンス音楽。チャールズはバイオリンで「pop！」の音を弦ではじいて表現した。日本では『いいやつみつけた』の歌詞で歌われる。

豆がゆはあつい
Pease Porridge Hot

元はマザーグースから。手を打ち合う遊び歌で、ローラとメアリがよく遊んだ。日本では『ABCの歌』『きらきら星』としてよく知られている。

大きなひまわりの歌
The Big Sunflower

1868年Bobby Newcombの作詞作曲。ミンストレルショーでビリー・エマソンが歌って人気を博した。チャールズが寒くて辛い時によく歌う歌だった、とローラは記憶している。

ディキシーランド
DIXIE LAND

ディキシーは南部を指す言葉で、もともとミンストレルショーの為の曲だったが、南北戦争時には南軍の行進曲として使用された。困難に遭ったとき、チャールズは自分を鼓舞するようにこの歌を歌った。

ジンクス隊長　*Captain Jinks*

1861年、歌手のウィリアム・ホーレス・リンガード作詞、T・マクラガン作曲。コミカルな音楽で、ダンス曲としても人気があった。

上：豆がゆはあついの挿絵。下：ジンクス隊長

一度ペピンに戻った
インガルス一家　1871 － 73

　物語でインガルス一家は、大草原からまっすぐミネソタ州ウォルナット・グローブに向かうが、実際は一旦ウィスコンシンに戻っている。政府がオーセイジ族の土地に侵入した入植者を追い立てるというのは噂の一つに過ぎなかったが、インガルス一家が戻った本当の理由は、ペピンの土地を売った相手が代金を支払えなかったからだと言われている。

　一家がペピンへの帰路についたとき、ローラは4歳。このときの記憶はローラにも鮮明だったようで、幌馬車で増水した川を渡る場面の描写などに生かされている。

　インガルス一家は、以前住んでいた大きな森の丸太小屋に戻り、そこで学齢期を迎えたローラは、初めての学校に通っている。バリー校はインガルス家からわずか1マイルの距離だった。

ローラの初めての教師アンナ・バリー（1846–1941）は、自宅の敷地内にあるバリー校で教鞭を執っていた。アンナは生涯を教師として独身で過ごし、晩年はペピンの町中に住居を移した。父ジェームス・バリーはアイルランド出身で、南北戦争に従軍。一族はペピンでも最も早い入植者の一人だった。

上：バリー先生の写真と彼女が作ったパッチワーク。左下：バリー先生の出席簿（ローラ・インガルス・ワイルダーミュージアム／ペピン）右下：バリー先生の墓（オークウッド墓地／ペピン）

ミネソタ州ウォルナット・グローブ 1875

「プラム・クリークの土手で」

キャンザスからの長い旅の末、インガルス一家はようやくミネソタ州のウォルナット・グローブに落ち着いた。プラム・クリークの土手の家から、一家の新しい生活が始まった。七歳のローラは、姉のメアリと学校へ通うことになり、ローラの世界はすこしずつ外へ向かって広がっていく。

写真：『プラム・クリークの土手で』恩地三保子訳　福音館書店

左頁：プラムクリークに沿うように樹木帯が続く。周辺は緩やかな丘陵地帯になっている。右頁：プラムクリークの土手の家跡地周辺。当時と同じようにプラムの低木が茂り、クリーク底は砂地でさらさらと足裏をくすぐり、水も冷たく気持ちが良い。物語でローラがおぼれかけたことがあったが、かなりの流木が流れ着いている様子から、ひとたび大雨になると水量が増すことが伺える。

LAURA'S DUGOUT HOME
ON THE BANKS OF PLUM CREEK
THE CHARLES INGALLS FAMILY'S DUGOUT HOME
WAS LOCATED HERE IN THE 1870. THIS DEPRESSION
IS ALL THAT REMAINS SINCE THE ROOF CAVED IN
YEARS AGO. THE PRAIRIE GRASSES AND FLOWERS
HERE GROW MUCH AS THEY DID IN LAURA'S TIME,
AND THE SPRING STILL FLOWS NEARBY.

ウォルナット・グローブ

　ウォルナット・グローブはインガルス一家がこの土地に到着する二、三週間前、鉄道の開通にともなって区画設計されたばかりだった。土地は豊かで、狩猟に適した野生動物も多い土地だったため、たちまち店や家が建ち並んだ。正式に町となるのは 1879 年 3 月。町の名前はプラムクリークに沿って生えていたクルミの林から命名された。チャールズは、町の委員会から調停人に任命されている。

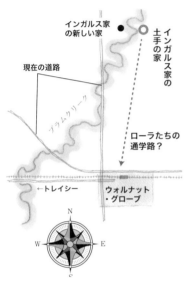

インガルス家の新しい家

インガルス家の土手の家

現在の道路

プラムクリーク

↑インガルス家へ

ローラたちの通学路？

←トレイシー

ウォルナット・グローブ

プラムクリークの土手の家の位置

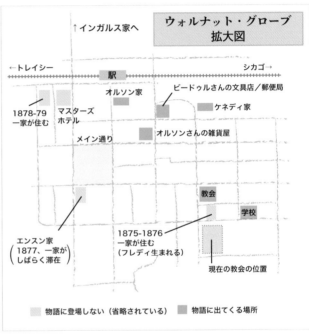

ウォルナット・グローブ拡大図

←トレイシー　　　　　　　駅　　　　　　　　シカゴ→

1878-79
一家が住む

マスターズ
ホテル

メイン通り

オルソン家

ビードゥルさんの文具店／郵便局

ケネディ家

オルソンさんの雑貨屋

教会

学校

エンスン家
（1877、一家が
しばらく滞在

1875-1876
一家が住む
（フレディ生まれる）

現在の教会の位置

物語に登場しない（省略されている）　　　物語に出てくる場所

左：ウォルナット・グローブのメイン通り。黄色の建物はかつての銀行（1896 年設立、1903 年再建）　右：ウォルナット・グローブは鉄道の開通で生まれた町だ。

ヨーロッパの移民たち

アメリカはフランス、スペイン、オランダ、そしてイギリスなどヨーロッパ諸国が、それぞれの利害から覇権を競い合った歴史から生まれ、スタート時からヨーロッパ各国からの移民で構成されていた。

なかでもピューリタンとして早い段階で東部沿岸に入植したイギリス系移民は、政治や信仰的立場でも指導権を握り、社会に大きな影響力を持つようになった。インガルス家の先祖もキャロラインの先祖も、もとをたどればイギリス系で、ニューイングランドに入植したヤンキー（プロテスタント、イギリス系）である。彼らイギリス系は、ニューイングランドからウィスコンシン州やミネソタ州方面に向かって西にコミュニティを広げた。

その後、ヨーロッパ各国から、西はアジアから、そして望まず奴隷としてアフリカ諸国から、人々はそれぞれの事情を抱えて海を渡ってきた。自由意思でアメリカに来た者たちは、落ち着く先に祖国と似たような気候や場所を選び、同じ文化を共有する者同士でコミュニティを作ることが多かった。

「小さな家」シリーズにはよく北欧系の入植者が登場するが、真面目で実直な北欧系の人々は、ヤンキー気質と肌が合うようで、比較的アメリカ東部出身者が多く住む地域に腰を落ち着けた。

ローラが書いているように、ヨーロッパからの入植者は祖国から出てきたばかりの第一世代で、英語が話せない人も多かった。『プラム・クリークの土手で』でも、ローラがノルウェー人のネルソンさんや牛飼いの少年と意思の疎通がうまくできない様子が描かれているが、この当時ごく普通のことだった。

ジャガイモ飢饉

アイルランドは 1845 年から 3 年もの間、主食であったジャガイモの病気による不作で大飢饉に陥り、実に100 万人もの餓死者を出した。当時アイルランドはイギリスの支配下にあったが、食料の援助がほとんどなされなかったため、国による人災であるとも言われている。人々は生き延びるために国を捨て、この時 200 万人もの人がアメリカ大陸に渡った。

しかしカトリック教徒であるアイルランド人はプロテスタント国家アメリカに来た後も差別に遭い、貧しさ故に底辺の仕事にしか就けない者も多かった。しかしアンナ・バリー先生やヒューレットさんのように開拓民や軍人として地域に溶け込んでいった人々もいたのである。

上：移民が入国審査のため留め置かれるエリス島近くに建つ、自由の女神。（ニューヨーク）下：アイルランド出身だったヒューレット一族の墓。ヒューレット一家はチャールズと仲良しで、息子のクラレンスはローラの遊び友達だった。（オークウッド墓地／ペピン）

家畜小屋

干し草山

家の入口

窓

プラムクリークの土手の家
～夏～

大岩 　ローラのお気に入りで，よく遊んだという大岩。毎春の洪水
のたびに堆積物に埋まり，150年もの間にプラムクリークに
沈み込んでいる。案内板には1975年にTVドラマのキャロ
ライン役カレン・グラッスルが訪ねてきたと書かれている。

（図は原作と復元された建物を参考に起こしたもの）

ダグハウス

　インガルス一家の新しい住まいは、土手に横穴を掘ったものだった。ダグハウスまたはソッドハウスと呼ばれたこの家は、大草原の表面をおおう丈夫な芝土を、レンガのように切って積み上げたもので、屋根は木を組んで上に草を乗せた。もしくは最初から地形を利用して穴を掘って住んだ。十分な木材が手に入らない大草原で、ダグハウスは当時のごく一般的な家だった。

上：きれい好きのキャロラインでさえ納得したほど、ダグハウスの中は清潔感があった。壁は石灰などで白く塗った。冬は暖かく夏は涼しい。しかし雨が続くと水がしみこみ、湿度も高く、決して快適とは言えなかった。（ウォルナット・グローブ）

左：芝土で作ったダグハウスの前で記念撮影をする開拓民の一家。当時の写真より。サロモン・D・ブッチャー撮影 1886 年（ネブラスカ州）

チャールズが建てた家は解体され、現在の土地の持ち主ゴードン農場（写真）の納屋の一部に使われたという。

新しい家

　チャールズはクリークの向こう岸に、新しく二階建ての家を建てた。材木も購入し、ガラス窓やドアは完成品を取り付けた。大草原で板壁の家を建てるには、東部から材木を取り寄せるしかなく、汽車での運送費用は高くついた。小麦の豊作を見込んで借金をして建てたため、バッタによる被害の打撃は大きかった。

教会の鐘

チャールズはブーツを買うために用意した3ドルを全額教会の鐘に寄付した。その額はインガルス家には大金で、事実、その後一家は困窮する。チャールズは管財人として教会の財政にも関わっていたので、責任を感じていたのだろうか。ウォルナット・グローブの人々の念願だった組合教会は2000ドルかけて1875年に完成し、チャールズとキャロラインとメアリはそこで洗礼を受けている。

チャールズが寄付した鐘が今もあるウォルナット・グローブの組合教会。

オルデン牧師

オルデン牧師（1836-1911）はウォルナット・グローブの教会建設に尽力した牧師で、インガルス家の精神面で大きな支えになった人物だ。後にデ・スメットにも訪ねてきた。メアリに盲学校を薦めたのもオルデン牧師である。彼はバーモント州出身で、先祖の一人、ジョン・オルデンはメイフラワー号に乗船していたピューリタンであった。オルデン牧師は神学校を卒業後、アメリカの宣教会の公認を得、アメリカ各地で開拓伝道の任を負った。組合教会に所属し、自身の担当教会はミネソタ州ワセカ。年齢もチャールズと同じで、一家と親しく交流した。

開拓者とキリスト教会

インガルス一家は、たとい周囲に人家もない開拓地にいても、キリスト教徒として日曜の安息日を守った。新しい町ができれば教会を建てるのに協力し、牧師に敬意を払った。

彼らが所属していたのはプロテスタントの一派、組合教会（Congregational Church ＝共に集まれる者の教会の意）で、起源は16世紀の宗教改革にさかのぼる。

1517年のマルティン・ルターの宗教改革を受けて、イギリスでもキリスト教会の改革運動が起こった。彼らはピューリタンと名乗り、イギリス国教会のあり方を批判し、教会を国家から独立させようとして弾圧され、1620年、信仰の自由を求めてアメリカに渡った。

ピルグリム・ファーザーズが指導し育てた組合教会は、ニューイングランドから北西へ開拓民と共に広がっていった。組合教会に所属していたオルデン牧師やインガルス一家は、典型的なピューリタンの流れを汲んだ信仰を持っていたといえる。

ピューリタンの特徴は、社会的な権威から自由で自立することを尊び、地方伝道に熱心なことだった。自分で聖書を読めるよう教育にも力を注ぎ、開拓地にはまず教会と学校を建てた。極めてリベラルで、奴隷制度にはいち早く反対を唱えたが、インディアンに対しては、神の国の実現を邪魔する存在（悪魔）として迫害した歴史もある。

三人いたネリーのモデル

　ネリーはテレビドラマ『大草原の小さな家』でのアリソン・アーングリンの好演もあり、ローラの好敵手として印象深い人物となった。

　ネリーのモデルは三人いる。オーウェンズ家の娘ネリーはその一人。ウォルナット・グローブの雑貨屋として登場するオルソン一家は、本当の名字をオーウェンズという。一家はミネソタ州で農業を営んでいたが、インガルス家と前後してウォルナット・グローブにやってきた。物語でネリーは東部出身というのを鼻にかけた娘として描かれるが、このネリーは地元ミネソタ州生まれだ。

　他の二人はジェニーヴァ・マスターズとステラ・ギルバートで、ローラは彼ら二人を「ネリー」というキャラクターに集約して描いている。

　一番「ネリー」像に近いと思われるのは、ジェニーヴァ・マスターズで、ウォルナット・グロー

ブからデ・スメットへ引っ越してきたことも物語と同じ。ジェニーヴァは東部ニューヨーク州出身で東部仕立ての服を着て威張り散らすわがままな少女だった。ブロンド髪のおしゃれなところもまさに「ネリー」そのもの。1909年、41歳の若さで亡くなったため、ローラの作品を読むことはなかった。

写真はウォルナット・グローブの学校跡で、現在は民家。

安息日

　インガルス一家は、日曜日になると仕事の手を休め、静かに聖書を読んだり讃美歌を歌ったりして過ごした。『大きな森の小さな家』でローラが、日曜日は嫌いだとだだをこねた時、チャールズがローラを優しく諭す場面がある。

　安息日とは、聖書で、神が天地創造した7日間の最終日に休息したことに由来し、本来は文字通り休息の日だった。しかしピューリタンは安息日を厳格に守ろうとする考えが強く、娯楽を慎み、静かに神に思いをはせるほか"何もしてはいけない日"とした。

　時代が進むにつれて次第に緩和されていったものの、チャールズの父の時代は、子どもでもニコリとも笑ってはならず、ソリ滑りをしただけでむち打ちになった。

上：チャールズが建築に携わったデ・スメットの組合教会。下：木彫りのノアの方舟（安息日に許された子どものおもちゃ）

バッタの害

インガルス一家が入植した時期、ウォルナット・グローブ周辺一帯はロッキートビバッタによる被害を受けていた。一家を襲ったバッタの被害は、当時の記録にも残っていて、周辺地域では 1873 年から 77 年までバッタが繰り返し襲来し、その間作物の収穫はほとんどなかったという。

一家が入植したのは 1874 年。チャールズはこの土地が前年バッタの被害に遭ったことを知らされなかったのだろうか。それとも知った上で今年は来ないと楽観視したのだろうか。この地を去るハンソン氏から土地を買う際、チャールズが「なぜ彼は小さな畑しか作っていないのだろう」と不思議がるが、その言葉はその後の不穏な未来を予感させる。

ロッキートビバッタは本来ロッキー山脈の東面の乾燥地帯に生息するバッタだが、餌不足などをきっかけに、たびたび穀倉地帯であるプレーリー（大草原）に大量移動した。特に 1875 年の大発生時は日本の面積の 1.3 倍にもあたる広さがバッタで覆い尽くされ、動物の群集で最大としてギネス記録にもなっている。

しかしそれから 30 年も経たずにロッキートビバッタは 20 世紀初頭に突如として絶滅し、生物学界の大きな謎になっている。

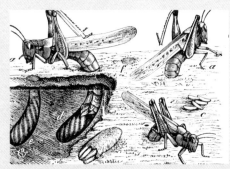

産卵するロッキートビバッタ。本来の生息地と大草原では気候が違うため、卵が孵化しても生存率は低かったという。

大草原の火事

大草原のもう一つの猛威は、空気が乾燥しきった夏と秋に起こる火災だった。落雷などちょっとした火があっという間に、乾いた草原に燃え広がってしまう。バッタを駆除するために付けた火が大火事を引き起こしてしまうこともあった。

物語でも、一家はキャンザス州とプラムクリークで火事に遭っているが、一旦火がつけば消し止めることは難しく、せいぜい防火溝を掘って延焼を防ぐしか手立てはなかった。

ウォルナット・グローブでも 1903 年 3 月に町の中心部が焼失する大火事が起きている。

乾燥して風に飛ばされてくるタンブルウィードは、火が付くと火の玉になって転がり廻り、火災を広げる原因になった。タンブルウィードは特定の種ではなく、乾燥地帯に生え、枯れて転がる草を総称する。（タンブルウィード化する乾燥地帯の植物、カリフォルニア州）

アイオワ州バーオークへ　1876 － 77

ウォルナット・グローブでの度重なる災害で生活苦にあえいでいたインガルス一家に、アイオワ州バーオークでホテルを共同経営しないかと声がかかった。東に戻ることはチャールズにとって苦渋の選択だったろうが、他に道はないように思えた。ローラも辛かったバーオーク時代は物語で触れていない。

サウストロイ　～フレディ～

　ウォルナット・グローブにいた頃、インガルス家に念願の男の子が誕生した。とうさんの名をもらいチャールズ・フレドリック・インガルスと名づけられた赤ちゃんは、フレディと呼ばれ、辛い時期を過ごしていた一家の新たな希望となった。

　これまで開墾や農作業、家作り、狩猟など外仕事は全てチャールズ一人の肩にかかっていた。チャールズらは娘たちを深く愛していたが、開拓民にとって男の子の誕生は、男手が得られることであり、開拓した大地を継いでくれる存在ができたという意味でもあった。夫妻はフレディの成長を心待ちに、将来を描いたに違いない。

　しかしバーオークに向かう途中、サウストロイのピーターおじさんの農場に滞在中に、フレディは病気に罹り、あっという間に亡くなってしまう。わずか 9 カ月の命だった。一家の悲しみはいかばかりだったことだろう。

サウストロイ、ザンブロ川の近くにピーターおじさんの農場はあった。フレディが埋葬された場所は分かっていない。インガルス一家の滞在を記す碑にはフレディの死亡証明書のコピーが掲示されていた。

63

マスターズホテル

ウィリアム・J・マスターズが経営していたので、その名前が付いたが、インガルス一家が到着した頃は、バーオーク・ハウスと呼ばれていた。

ホテルの経営は思わしくなく、過去に何度も経営者が替わった。チャールズの友人ステッドマンが、チャールズとともに新しい経営者になった。

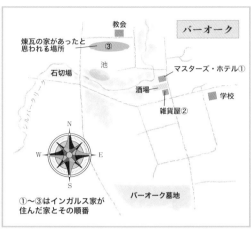

①～③はインガルス家が住んだ家とその順番

マスターズホテル。正面道路からは平屋のように見えるが、傾斜地に建てられているため、実は三階建て。道路下になる一階部分に、食堂と台所、ローラたちの居住スペースがあった。階下にはチャールズが作った食器棚や一家が暮らした部屋がそのまま保存されている。

後に一家は騒々しいホテルを離れ、雑貨屋の二階に引っ越し、さらに町外れの小さな煉瓦の家に移った。1877年5月23日、煉瓦の家でインガルス家に新しい家族が加わった。フレディを失った悲しみと新しい命の喜びを込めて、その子はグレイス（恵みの意）と名づけられた。

補充注文カード

貴店名

年　月　日

部数　部

大きな森の小さな家
~大草原のローラと西部開拓史~

株式会社 新紀元社
〒101-0054 東京都千代田区
神田錦町1-7 錦町一丁目ビル2F
電話 03(3219)0921

9784775318775
ISBN978-4-7753-1877-5
C0074 ¥1800E

定価
本体1,800円+税

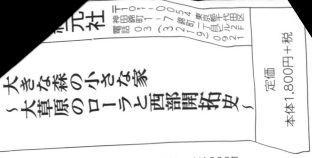

大きな森の小さな家
～大草原のローラと西部開拓史～

東京都千代田区
神田錦町1-1-0
1町2-9
第5オリエント
ビル1F
電話03(3291)
3705

定価

本体1,800円＋税

売上

ISBN978-4-7753-1877-5　C0074　¥1800E

バーオーク

　町の設立は 1850 年。南北に伸びる交通の
要衝にあったバーオークは、多くの移住者が
行き来し、町ができた当初は一日に 200 〜
300 台の幌馬車がキャンプするほど賑わっ
ていたという。しかしインガルス家が来た頃
には、早くも寂れた田舎町になっていたよう
で、ローラも別の本＊で、古くて汚い町だっ
たと印象を述べている。現在は人口 160 人
あまりの静かな小村になっている。

＊『大草原のローラ物語』谷口由美子訳　大修館館書店

上：バーオークのメイン通り。下：ロー
ラはたびたび仲良しのアリス・ウォー
ドと一緒に町外れにある墓地に行き、
墓碑を読んで物思いにふけった。墓地
は 1853 年秋、バーオークに最初の死
者が出たときに設置された。

アーミッシュ

　バーオークの近くには、アーミッシュのコ
ミュニティがある。彼らは現在も、18 世紀
風の服に身を包み、馬車に乗り、文明利器の
使用を拒否して独自の共同体を営んでいる。

　アーミッシュの起源は、宗教改革の嵐が吹
き荒れた 16 世紀初頭までさかのぼる。キリ
スト教メノナイト派の一派だった彼らは、社
会秩序よりも信仰を優先させるとしてヨー
ロッパで弾圧を受けていた。信仰の自由を求
めてアメリカに渡ったアーミッシュは、すで
にピューリタンが多く入植していた東部を避
け、新たな土地にコミュニティを築いた。

　アメリカ社会は、プロテスタント以外の
宗教に対してとかく不寛容な歴史を持つが、
アーミッシュにはほとんど弾圧は加えなかっ
た。彼らが積極的に伝道活動をせず、社会
に脅威を与えなかったこともあるが、古き良
き時代の農家の暮らしを思い起こさせるアー

ミッシュに、ある種の尊敬と郷愁を抱くため
とも言われている。

バーオークに近いハーモ
ニー周辺にはアーミッ
シュのコミュニティがあ
る。（写真は車道を走るアーミ
ッシュの馬車）

ペピンで買った
ピンクの
キャラコ地

暖かい季節は
ほとんど裸足

開拓者たちのファッション

　一日中労働に明け暮れる開拓農民は、上等で優美な服ではなく、丈夫で扱いやすく長持ちする服を選ばざるを得なかった。幌馬車にかさばる衣装を積む余裕も無かった。彼らは生活に余裕が出来ると生地を買い、自分で縫って作った。

子ども服

　子どもの服は母親が手作りした。何年も着られるように長めの丈で作られた。長女は新品を着られることが多かったが、ローラのように、次女以下はお下がりに甘んじることが多かった。

日差しをさける
つばの広い
サンボンネット

**日差しや風の強い
西部では必須。**

よいこは
きちんと被る

ケープと揃いの
毛皮のマフ

赤い毛糸の
手編みのミトン

ローラのリボンはピンク
メアリはブルーが定番

ローラが教会のクリスマスでプレゼントされたマフとケープ。マフは毛皮を円筒形にした手の保温用。

キャロラインの
手編みの赤い
毛糸の靴下

チャールズが間違えて撃った
白鳥の羽根で作ったフード

うんと寒いときは
さらに靴の上に
厚い靴下をはく

キャロラインの
よそ行きの冬服
を仕立て直した

人形の靴下も
あまり布の赤い
フランネル

フランネルは軽くて保温性に優れるので、冬の肌着や寝間着に使われた。たいていは赤、もしくは白だった。

ボタンで留める
編み上げ靴

フランネルの下着や
寝間着は、暖かいが
チクチクしてかゆく
なることも。

フランネルの寝間着

インナーウエア

19世紀のインナーウエアは、何枚も重ね着するのが普通だった。女児でもペティコートをつけたが、若い娘になると、さらにコルセットやフープなどの矯正具が加わった。

「若い娘」になったらコルセットを着けるのが常識だった。矯正されていない身体はだらしなさの象徴とみなされ、きちんとした家庭の女性は着けるのが当然であった。

ドロワースと呼ばれる下履きの上にペティコートを着けた。

寒い時期は赤いフランネルの生地の下着を着けた

ゴムではなく、紐やボタンで固定した

股は縫い閉じないで開いたままの場合もあった

子どもの下着はキャロラインの手作り

息も深く吸えないコルセットはローラの悩みの種。キャロラインは、本当は夜寝るときも着けるべきとさとすが…

前髪を垂らすのがローラの時代のおしゃれ。「いかれた房」と揶揄された

髪をアップにするのが子ども時代の卒業だった

限界まで締め上げて背部の紐で固定した

カシミヤ製

フープ
ローラの青春時代にあたる1880年代に西部で再び流行していた。スカートを膨らませてみせるための下着。風の強い西部ではスカートがひっくり返るため不評だったが、それでも若い娘はこぞって着用した。

フープの下に何枚もペチコートをはき、さらにフープの上にもペチコートをつけた

腰を膨らませるバッスルスタイル

針金の輪を綿のテープで固定したもの

ローラのドレス
ローラが15歳の時新調したブルーのドレス。袖や襟、裾に格子模様が入ったドレスで、短い上着とスカートに分かれていた。キャロラインの手作りで、初めての授業にも着用した。

フープは西部では売っていないので東部から取り寄せた

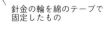

タータン模様は大人気だった

男性の服

男性服はシャツなど規格をそろえ
やすかったため、早くから既製品が
出回るようになった。ローラも男物
のシャツを縫う仕事に携わっている。

『大きな森の小さな家』などの
挿絵に描かれたチャールズの
格子柄コート。「小さな家」シ
リーズの挿絵を担当したガー
ス・ウィリアムズは、資料を
基に正確な絵を描いたと言わ
れるが、あえてこのような派
手な模様に描いたのは、ロー
ラの指示か、実在の資料があっ
たからかもしれない。

フェルトの帽子

バッファローの毛皮の
コート。大変暖かく、
チャールズが遭難した
ときこのコートで命び
ろいした。

農作業のスタイル。
綿シャツにつりズ
ボン、革のブーツ。

麦わら帽子は
キャロラインの
手作り

青のズボンつりは
ローラたちの
プレゼント

くせ毛は熊の脂
でなでつける

鉄道会社の出張所で
働くチャールズ。19
世紀の基本的な事務
員スタイル。

鎖時計

シャツは白とは
限らない。キャ
ロラインは柄物
の生地をシャツ
用に選んで買っ
ている

農作業には丈夫
な革のブーツが
必須

バッファローの毛皮の
コート（ペピン）

絵は白だが
赤が一般的

臀部に
開閉式の
窓がある

男性の肌着は上下が繋がっ
たユニオンスーツが一般的
だった。臀部には排泄のた
めに開閉できる大きな窓が
ついていた。綿もしくはフ
ランネル製で赤色が多く、
19世紀には工業製品とし
て一般的になっていた。

68

女性の服

女性服はより体にぴったりしたデザインが求められたため、長い間家庭で縫われていた。またその方が価値があるとされていた。それでも東部仕立てのオートクチュールとなれば、特別のよそ行きであった。

キャラコの普段着。アメリカではキャラコといえば綿のプリント柄の生地を指す。モスリンより粗く丈夫で実用的な布。インドのカリカットから輸出されたためキャラコと名が付いた。

キャロラインは真ん中分け派

作業用のエプロン

レディはきちんとサンボンネットを被る

外出時はケープを羽織る

キャロラインは真ん中分けの髪型を好んだが、それは青春時代を過ごした1850～60年代の流行の髪型である。

紫の小さな花のついた濃茶のキャラコ

当時、夏でも長袖で、何枚もペチコートを重ねコルセットを着けた。西部の暑さは酷だったろう

普段着は丈夫なプリント地のキャラコ

寝るときは三つ編み

ネグリジェは白

キャロラインが若い頃、東部の仕立て屋で作らせた緑のモスリンのドレス。大きな森のダンスパーティやプラムクリークの教会出席時に着用。

短い上前を首元までボタンで止める

キャロラインが特別なときに着ける金のブローチ

体のラインに沿ったドレス。キャロラインは若い頃と体型が変わらなかった？

中には鯨のヒゲが縫い込まれている

イチゴのように見える模様

フランネルか綿

週に一度の入浴後は洗いたてを着た

キャロラインは寝るときもコルセットを着けていた！

De Smet South Dakota

サウスダコタ州デ・スメット 1879

「シルバー・レイクの岸辺で」

とうさんが鉄道会社の仕事を得たことで、ローラの
一家はサウスダコタ州へ移り、工夫たちの去った誰
もいないシルバー・レイクで、家族だけで冬を過ご
す。ローラは失明した姉のメアリの目の代わりとな
り、かあさんの片腕として家事を助け、新しい土地
で大きく成長していく。

上：町の南東にあるシルバー・レイク。
たびたび雨水や雪で水位が変動したが、
1920 年代初頭に草地にするために水
抜きされた。近年は降水量の増加によっ
て、かつての姿を蘇らせ野鳥の宝庫に
なっている。左下：ローラを感激させ
た測量技師の家の食料庫。右上：とう
さんの農地小屋があった丘を望む。右
下：測量技師の家の外観。

　　　　　　　　　　　　写真：『シルバー・レイクの岸辺で』恩地三保子訳　福音館書店刊

とうさんの農場から見た大草原

思い出の中の大草原はいつも
昔初めて見たときのように
あずき色や金色がかった茶色の景色
遠く知らないところへのびている

1930年6月20日付のデ・スメット・ニュースに掲載されたローラ・インガルス・ワイルダーの詩
（谷口由美子訳）

1909年のサウスダコタ周辺の鉄道路線図。デ・スメットやウォルナット・グローブの駅名が見える

西部開拓と鉄道

チャールズは鉄道会社の仕事を得て、一家をサウスダコタへ呼び寄せた。ローラたちの初めての汽車旅、測量技師の家での暮らし、鉄道駅予定地に誕生したばかりの町の活気、そして雪に閉ざされ、何ヶ月も鉄道が止まった長い冬など、ローラの物語では新たに西へ延びる鉄道と開拓民の関わりが鮮やかに描かれている。

広大な領土を持つアメリカでは、建国以来、交通網の発展と交通手段の変化は、国の有り様の変化そのものであった。チャールズが生まれたのは、エリー運河の開通を皮切りに人々が東部沿岸部から五大湖周辺など内陸に一気に流れ込んだ時代だった。

そこにイギリスで生まれた蒸気機関車が普及していくと、投機熱と相まって、南北戦争頃までには東部からミシシッピ流域に至る路線網が築かれた。

ローラの育ったのはこの鉄道と共に開拓民が更に歩を西へ進めた時代である。ローラが生まれた2年後の1869年にはアメリカ初の大陸横断鉄道が開通し、ミネソタ州やサウスダコタ州でも鉄道が次々と建設された。デ・スメットの鉄道建設工事が終わったのは、1879年。そして町に最初の列車がやってきたのは翌1880年のことである。この路線は大陸横断鉄道の一部ではなくダコタ・セントラル鉄道によって作られた地方鉄道だったが、この頃は鉄道会社の合併吸収が盛んで、1881年にはイリノイ州からワイオミング州まで路線網を持つシカゴ&ノースウエスタン鉄道の一部となった。

物語の中でチャールズはローラに語る。「いまにきっと、誰も彼も、みんな列車に乗るようになり、幌馬車などは見ることもなくなる時代がくるだろうよ」(『シルバー・レイクの岸辺で』恩地三保子訳 福音館書店)。とうさんの言葉どおり、その後鉄道は交通の中核となる。だが、20世紀になり、自動車が普及すると、次第に主役の座を明け渡し、多くの路線で旅客営業が廃止された。デ・スメットでも今はもう旅客を乗せる列車は走っていない。

西部開拓時代、それはアメリカの鉄道が最も輝いた時代だった。

トレイシー

ローラが初めて汽車に乗って到着した駅がトレイシーだ。ローラは「朝ウォルナット・グローブを出て、お昼にはもうトレイシーに着いてしまった」と驚いているが、トレイシーへはウォルナット・グローブから西へわずか8マイル、歩いても3時間弱、今なら自動車で15分ほどで行ける距離であり、当時の列車の速度が偲ばれる。

サウスダコタ州へ

チャールズは妹ドーシアに誘われて鉄道事業の手伝いのため、サウスダコタへ出稼ぎに行った。チャールズの仕事は鉄道会社の帳簿係と店長で、給料もよかった。鉄道会社の仕事が終わり、工事現場が撤去された後も一家はデ・スメットに残った。チャールズはまだ誰も住民がいないこの町に、いの一番で入植をしようと決めたのだ。

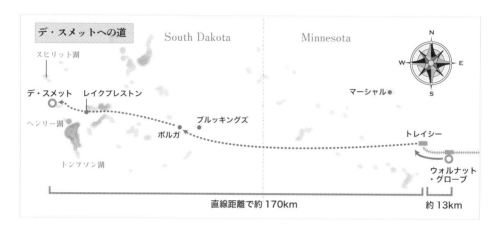

デ・スメットへの道　South Dakota　Minnesota

スピリット湖

デ・スメット　レイクプレストン

ヘンリー湖　ボルガ　ブルッキングズ

マーシャル●

トンプソン湖

トレイシー

ウォルナット・グローブ

直線距離で約170km　約13km

メアリの盲学校

メアリはウォルナット・グローブにいた頃、脳炎（猩紅熱とも言われている）のため、両目とも失明してしまった。その時メアリはわずか14歳だったが、一切泣き言を言わず、自分の運命を受け入れたという。

日々の生活だけで精一杯だったインガルス家だったが、盲学校の存在を知ると、勉強好きなメアリのために、なんとか進学させようと現金収入の道を探った。ローラが教師を目指したのも、町でシャツを縫う仕事に就いたのもそのためだった。

メアリは1881年11月23日、16歳の時に、アイオワ州ヴィントンにあるアイオワ点字学校に入学した。学校創立は1852年。アイオワ州で二番目に古い教育機関であった。メアリが入学したときは、生徒は94人いた。

科目は数学、代数、文法、文学、歴史、地理、政治経済、生理学、化学、哲学、独唱、器楽演奏などに加え、実用的な裁縫や手芸も含まれた。メアリは学校で点字を学び、道具を使って文字を書く方法もマスターした。学業成績はよく、特に数学と音楽は優秀な成績を修めたという。

ヴィントンの盲学校。現在も多くの生徒が学んでいる。

測量技師の家

インガルス一家がデ・スメットで初めての冬を過ごしたのが測量技師の家。技師らが自由に使うように残しておいてくれた食料や燃料のおかげで、一家は無事に冬を越すことができた。鉄道工事現場から 800 メートルほど先の、シルバー・レイクの北側に建っていた。（現在はデ・スメット一番通りの角に移築）

測量技師の家　見取り図

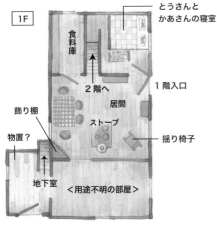

1F
- とうさんとかあさんの寝室
- 食料庫
- 2 階へ
- 1 階入口
- 居間
- 飾り棚
- ストーブ
- 物置？
- 揺り椅子
- 地下室
- ＜用途不明の部屋＞

2F
- 1 階へ
- 2 階／ローラたちの寝室
- ストーブの煙突

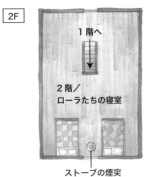

一階はキッチンと居間が一つになった大きな部屋が一つ、片側に食料庫と寝室、その間に二階に上がる狭い階段があった。反対側はもう一つの部屋と物置、そして地下室もあった。二階は広々とした部屋で、ローラたちの寝室になった。
（現在の測量技師の家を参考にした想像図）

上：測量技師の家。下：居間から食料庫の方角を見る。食料庫と寝室の間に二階へ上がる階段がある。チェックのテーブル掛けはキャロラインのお気に入り。

とうさんの植えたポプラ

チャールズが家の周りに植えたのは、ハヒロハコヤナギ（アメリカポプラ）で、生長が早く大木になる。樹木がほとんど無い大草原では、『長い冬』で、アルマンゾが目印にしたように、ハヒロハコヤナギがよい目印になった。デ・スメット郊外のインガルス家の農場では、チャールズが家族の数だけ植えた苗が、大木となって現在も残っている。

とうさんの農場

　念願だったチャールズの自作農場は、デ・スメットでようやく実現した。デ・スメットには測量が始まる前から居住していたが、土地の申請をするにはブルッキンズまで行かねばならなかった。『大草原の小さな町』に描かれているように、入植者は少しでも希望の土地を得ようと争奪戦を繰り広げた。

上：再現されたとうさんの農場の家。土地の申請のため、急ごしらえで一部屋だけの小屋を建てた。厳しい冬を越えた 1881 年春、一家は町の家から正式に農場の家に移った。ローラが結婚するまでに 2 回増築している。物語には地下室も作ったと書かれている。

とうさんの農場の家　見取り図

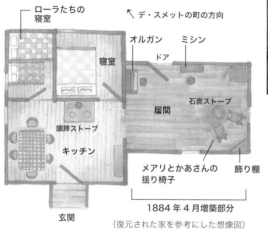

- ローラたちの寝室
- ← デ・スメットの町の方向
- オルガン
- ミシン
- ドア
- 寝室
- 石炭ストーブ
- 居間
- 調理ストーブ
- キッチン
- メアリとかあさんの揺り椅子
- 飾り棚
- 玄関

1884 年 4 月増築部分

（復元された家を参考にした想像図）

インガルス家の農場の家跡（石碑がある位置）と 5 本のポプラ。彼方にデ・スメットの町が見える。

De Smet South Dakota

サウスダコタ州デ・スメット 1880 － 81

「長い冬」

インガルス一家が住む大草原の小さな町は、長く、厳しい冬に閉じ込められた。ローラたちは寒さと飢えの苦しみの中で励まし合い、家族のきずなを深めていく。最後まで挫けず、大自然の猛威に力を合わせて立ち向かった開拓地の人々の冬の暮らしを描く。

上：吹雪のデ・スメット駅。雪で孤立した町の人々にとって、鉄道は最後の命綱だった。中左：雪に埋もれた大沢地。葦の上に雪が積もると地面との境がわかりにくく、馬車が入り込むと重量でめり込んだ。中右：白一色の雪景色の中で目印になる一本ポプラ。左下：霜で覆われた農場の家の窓から外を見る。右下：凍てつく大草原（とうさんの農場跡より）

写真：『長い冬』谷口由美子訳　岩波少年文庫

78

とうさんの店
～冬～

干し草置き場

洗濯干し場

家畜小屋

2nd street

（写真と図面から起こした想像図）

食料と燃料

　デ・スメットの町が出来たばかりの1880年。その秋インディアンが忠告したとおり、長く厳しい冬が来た。はじめの吹雪は10月15日で、これは記録にも残されている。その秋から翌5月までの7ヶ月もの間、三日と間を置かず、断続的に吹雪が町を襲った。やがて線路が雪に閉ざされると、物流は途絶え、食料も石炭も底をついた。

　インガルス一家は、粒のままの小麦をコーヒーミルで粉にしてパンを焼き、干し草を燃料にして生き延びている。

上：写真のように干し草を堅くよって燃料にした。多少は火持ちがしたものの、火を保つため絶えず作り続けなければならなかった。下：小麦粉が尽きた後は、小麦の粒をコーヒーミルで粉にした。右：とうさんの店があった場所。後に赤いレンガのビルが建った。

チャールズは、目抜き通りの角地という好立地に店を建てた。自分で商売をするためではなく、建物を貸して賃料を得るつもりだったようだ。

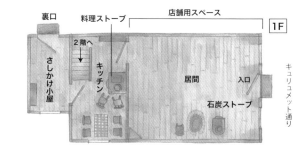

料理ストーブ　店舗用スペース

裏口

1F

2階へ

さしかけ小屋

キッチン

居間

入口

石炭ストーブ

キュリュメット通り

Calumet street

2F

とうさんとかあさんの寝室

ローラたちの寝室

カーテンの仕切り

1階へ

とうさんの店
見取り図

ストーブの煙突（天井部分で合体？）

店にするための間取りなので、通り側は広々とした空間になっている。厳しい1880年代、　家は寒さをしのぐために店に引っ越してきた。当初は店側を居間にしていたが、石炭がなくなると、燃料の節約のため、奥の狭いキッチンで生活した。（図面から起こした想像図）

スピリット湖

アルマンゾとキャップの冒険地図

デ・スメット

レイク
プレストン

マンチェスター

ボルガ

湖

トンプソン湖

South Dakota

アルマンゾとキャップが
通ったと思われるルート

種小麦を持つと思われる
アンダーソン家の
推定範囲

N
W　　E
S

↓デ・スメットから30キロメートルライン

町の人々を飢えから救おうと、アルマンゾとキャップは、吹雪の合間を縫って、町の南東30キロ先にあるという噂の種小麦を持つ農家を探す旅に出た。命がけの危険な賭けであった。

デ・スメット　～冬～
1882～83年頃の想像図

　インガルス一家がこの土地にきたとき、デ・スメットはまだ測量中で、線路も架設中だった。労働者や測量技師が引き上げた後、ローラたち家族だけでデ・スメットに残り、初めての冬を迎えた。それからわずか1年後、町は急成長し、図のように多くの店が軒を並べ、郡都として大きく発展した。

とうさんの農場

大沢地

シルバー・レイク

　とうさんの農地は町から1.6マイル離れている。冬場は雪で道と沼の区別がつかず、馬車の通行は危険であった。農地小屋（復元）が左の写真のような形になったのは1881年春以降。

大沢地（ビッグ・スルー）

シルバー
レイク

←とうさんの農場

Calumet street

1881～82年頃のデ・スメット

後年とうさんが家を建てる場所

←シカゴ方面

3rd street

貸馬車屋

ルース銀行
新聞社
ロフタス食料雑貨店
ティンカム家具店
バウアー仕立て屋
ブラッドリー雑貨店
フラー金物屋

ガーランド家

とうさんの店

馬小屋

教会

2nd street

学校

シャーウッド家　クランシーの店

カウス金物屋
ブラウン酒場
ハーソーン食料雑貨店
ビアズリーホテル
パーカー食料雑貨店
ワイルダー飼料店
酒場
ミードホテル

ジョンソン家

1st street

ウィルマース食料雑貨店

←シカゴ

ウッドワース家／駅の2F

デ・スメット駅　　穀物倉庫　　　　材木置場

デ・スメットの町の店の配置図。町の測量が終わったのは1879年で、鉄道が開通したのは翌1880年。

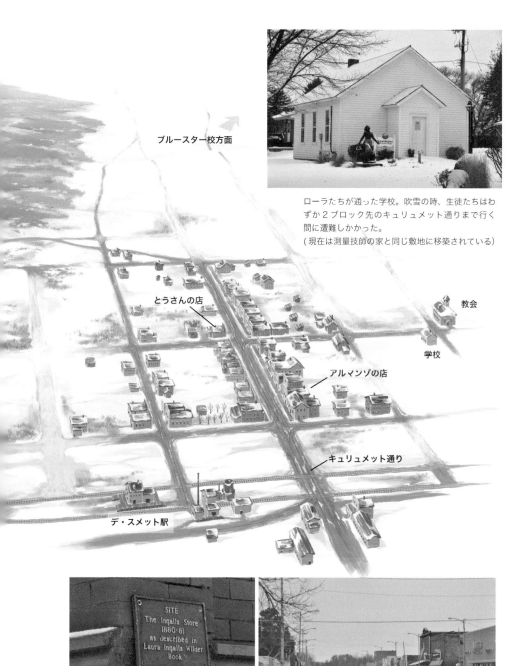

ブルースター校方面

ローラたちが通った学校。吹雪の時、生徒たちはわずか2ブロック先のキュリュメット通りまで行く間に遭難しかかった。
（現在は測量技師の家と同じ敷地に移築されている）

とうさんの店

教会

学校

アルマンゾの店

キュリュメット通り

デ・スメット駅

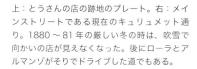

上：とうさんの店の跡地のプレート。右：メインストリートである現在のキュリュメット通り。1880〜81年の厳しい冬の時は、吹雪で向かいの店が見えなくなった。後にローラとアルマンゾがそりでドライブした道でもある。

ワイルダー兄弟

　ローラの将来の夫となるアルマンゾ・ワイルダーは、兄ロイヤルと共に西部開拓の夢を追いかけてデ・スメットにやってきた。アルマンゾもチャールズのように鉄道工事に携わりながらお金をため、自作農地を申請した一人だった。兄弟はデ・スメットで穀物飼料店を開き、1880 年の厳しい冬も町の人々と助け合って乗り越えた。

　アルマンゾはローラと結婚後、生涯を農民として生きたが、ロイヤルはミネソタに戻って結婚し、商売を再開している。

ワイルダー兄弟の店跡にあるプレート。店はキュリュメット通りの一角にあった。現在跡地はスーパーマーケットになっている。

厳しい冬

　インガルス一家とデ・スメットの人たちが遭遇した 1880 ～ 81 年の冬は、アメリカ中部の気象を観測し始めてから最も厳しい冬となった。最初の吹雪は 1880 年 10 月 15 日。物語の中でインディアンが予告したとおり、それは 7 ヶ月間にもわたる長い冬の始まりだった。ひとたび吹雪になると三日ほど続き、嵐が収まるのはわずか一日ほどで、すぐ次の吹雪に襲われた。

　線路は断続的に来る吹雪のため、いくら除雪しても雪で埋もれてしまい、やがて鉄道の復旧は断念された。鉄道で運ばれる物資に依存して

いた町の人々は、十分な備えをする間もなく、早すぎる雪に埋もれて孤立した。12 月の半ばに最後の列車が来た後は、わずかな食料と燃料でしのぎ、再び開通するまで飢えと寒さの中を生きのびた。

　記録によると、最高気温が氷点下を上回るようになるのは 4 月も半ばを過ぎてからで、鉄道が開通したのは 5 月になってからだ。しかしその後、大量の雪解け水で洪水が発生し、再び道路や線路は通行不能になったという。

左：雪に埋もれた機関車（1881 年 3 月 29 日）ミネソタ州。右：吹雪のデ・スメット／キュリュメット通り（2019 年 12 月）

サウスダコタ州デ・スメット 1881 － 82

「大草原の小さな町」

ローラはメアリの学費のために町でお針子の仕事を引き受けた。秋、メアリは念願の盲学校へ旅立っていく。インガルス家は冬にそなえて町に移り、ローラとキャリーはデ・スメットの学校へ通い始めた。新しい友だちとの出会い、将来へのあこがれと不安に揺れるローラの青春時代。

写真：『大草原の小さな町』谷口由美子訳　岩波少年文庫

とうさんの農場跡。現在も当時のままの風景が広がっている。

左上：デ・スメットの中心部、とうさんの
店があった場所（中央の煉瓦の建物）。左下：
とうさんの店の向かい側にあるロフタス氏
の店は、現在も営業中。右：とうさんの農
場の家（再現）

デ・スメット神父

Fr Pierre Jean
"Peter" DeSmet
1801-1873

　町の名前の由来になったデ・スメット神父は、ベルギー出身のカトリック司祭で、イエズス会に属していた。彼はインディアンへの宣教を志し、1821年アメリカに渡った。以後、アメリカ中西部やカナダ西部、ロッキー山脈まで足を伸ばし、西部地域のほぼ全てのインディアン部族を訪ねている。

　デ・スメット神父はインディアンの言葉を学びながら友好的に接し、紛争が起きれば和平に努めた。1868年のララミー砦条約では、スー族側に立ってアメリカ政府と交渉し、インディアンの誠実な友と呼ばれた。ヨーロッパとアメリカを8回も往復し、全行程は290,000キロにも及んだという。

カトリック教会のそばにあるデ・スメット神父の像（デ・スメット）

　彼がデ・スメットが町になるずっと前にこの地を訪ねて宣教活動をしたことを記念し、町に彼の名前がつけられている。

イライザ・ジェーン

イライザ・ジェーンが教えたデ・スメットの校舎。

　アルマンゾの実の姉で教師。ローラを教えていた頃はすでに30代だった。アルマンゾいわく "がんこで、なんでも自分の思い通りにしたがり、女性の権利を主張する人" だったという。デ・スメットでも独身女性として自作農地を申請し、一人で切り盛りしながら教師を続けたタフさを持っていた。

　後にワシントンD.C. でアメリカ内務省の事務職に就いた後、南部ルイジアナ州に移って結婚。ルイジアナにワイルダー一族を呼び寄せている。知的で行動力があるイライザ・ジェーンは、経済的にも自立した女性であった。

　独立心や向学心などローラと類似する点は多いが、相性は悪かったようで、二人は何かと反発し合った。しかし後にローラは一人娘ローズを、ルイジアナのイライザ・ジェーンの元に託している。

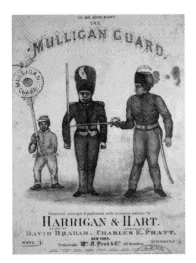

チャールズたちが歌った『マリガン兵』の歌はミンストレルショーの人気演目だった。

ミンストレルショー

　楽しみの少ない冬を乗り切ろうと、町の人々が毎週金曜日に行った出し物の一つで、チャールズもメンバーとして参加した。

　ミンストレルショーはもともと幕間の寸劇として1830年頃に始まった見世物で、白人が顔を黒く塗って黒人に扮し、演奏したり踊ったり、コミカルな芝居を演じたりした。たいていの場合黒人を愚かしく滑稽な存在として描き、今日に至るまでの差別的でステレオタイプの黒人像を作り上げた。やがて南北戦争後は徐々に人気を失い、1964年公民権法後は、社会的にも力を失った。

ジャーリー夫人の蝋人形館

　同じくデ・スメットの金曜日の出し物として上演されたのが、チャールズ・ディケンズ作の『骨董屋』の一場面だ。主人公ネルを保護したジャーリー夫人が、自身が興行する見世物小屋でネルを手伝わせるシーンで、小説では歴史上の人物を模した蝋人形をネルが一つ一つ客に解説するところを、チャールズたちは、蝋人形を本物の人間で演じたところがユーモラス。

『骨董屋』の蝋人形館のシーン。棒で人形を指しているのが少女ネル。

大草原のネコ

　開拓地では、ネコも大事な家族の一員だった。単なる愛玩動物ではなく、ネコは作物や食糧を鳥やネズミから守るために頼りになる存在だったのだ。一家は大きな森でブラックスーザンという黒猫を飼っていたが、サウスダコタの開拓地にはまだネコがおらず、一家が苦労して子ネコを手に入れる様子が描かれている。

インガルス一家の農場跡にいた子ネコ（デ・スメット）

サウスダコタ州デ・スメット 1883 － 84

「この楽しき日々」

十五歳のローラは、念願かなって教師となり、家を
離れて新しい生活をはじめることになった。孤独な
下宿生活や仕事への不安を支えたのは、最愛の家族
と開拓農民の青年アルマンゾだった。ローラが十八
歳で結婚するまでを描く。

写真：『この楽しき日々』谷口由美子訳　岩波少年文庫

アルマンゾは毎週馬そりでローラを送迎した。地吹雪が始まると道路は白一色の世界になる（デ・スメット近郊）

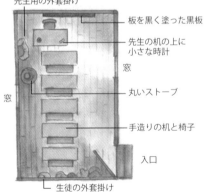

先生用の外套掛け

板を黒く塗った黒板

先生の机の上に
小さな時計

窓

窓

丸いストーブ

手造りの机と椅子

入口

生徒の外套掛け

物語をもとに再現したブルースター校
の見取り図。

復元されたブルースター校（デ・スメット）
農地小屋を流用した建物で、壁板は隙間だらけ。
板を黒く塗ったものが黒板で、机と椅子は手作り
だった。通常は二人掛け。古ぼけたストーブだけ
ではとても教室は暖まらなかった。学校の掃除も
教師の務めだった。

開拓地の教育

開拓地にヨーロッパからの移民が増え、一つのアメリカ国民としてのあり方や言語習得のためにも、教育の必要が叫ばれた。アメリカ中西部には東部から多くの人が入植しており、彼らは教育に非常に熱心だった。開拓地では『この楽しき日々』にも描かれているように、6〜7世帯の集落があれば、学校建設が検討された。

生徒は幼児から青年までと幅ひろく、農閑期しか出席できない生徒などもいた。教師は自分より年上の子や身体の大きい子に教えることもしばしばだった。

学校は朝9時に始まり、昼食を挟んで16時までほぼ一日授業が行われ、たいてい教師が一人で担当し、生徒の年齢や勉強の進み具合に応じて、読み方や算数、文法、スペリング、歴史、地理などを一つの教室で同時進行で授業を進めた。

宿題を忘れる、静かに出来ないなど、問題を起こした生徒はようしゃなく鞭や物差しで打たれた。ローラがイライザ・ジェーン先生から受けた"家に帰される罰"は鞭で打たれるより重いもので、帰宅したローラを見たとうさんとかあさんはショックを受ける。もっとも重い処罰は退学だった。

学校は町の人々によって運営され、彼らは授業内容にも干渉した。学校委員はチャールズのような町の有力者が公選制で任命され、学校で行われる演劇や学習発表会などの行事は、地域の人も参加する一大イベントであった。

Catherine Esther Beecher
1800–1878
キャサリン・ビーチャは教育家としてアメリカの子どもの教育、特に女子教育に力を注いだ。『アンクル・トムの小屋』の著者ストウ夫人の姉である。

教員免許

町は財政に余裕があれば男性教師を雇ったが、給料が安くてすむ若い女性教師を雇うことも多かった。女性教師は男性教師の40％以下の賃金ですみ、女性教師の割合は全体の85％に達した（1880年、マサチューセッツ州の例）。ローラのような通学中の生徒でも、16歳以上で教員試験をパスすれば免許がもらえた（物語ではローラは16歳に満たなかった）。だが女性の離職率は高く、ローラやキャロラインのように、結婚までの一時的な期間だけ勤めるのが一般的だった。

上：デ・スメット校の当時の黒板。下：教科書に使われた読本は1836〜7年に出版され、宗教教育も含めた内容として、改訂を繰り返しながら20世紀まで使用された。

ブルースター夫人

　『この楽しき日々』に登場するローラの下宿先ブルースター家には、常に不機嫌で、ヒステリックに振る舞う夫人がいた。開拓地にはインガルス家のように、夫婦で助け合いながら開拓に身を投じる人々ばかりではなかった。このブルースター夫人のように、結婚で望まず西部に来てしまった女性にとって、厳しい風土と暮らし、孤立無援の毎日は苦痛でしかなかったのだろう。モデルとされたのはイリノイ州出身のオリヴ・デリラ・イーサンバーガー・モリソン（1859-1919）で、物語と同じように自分の土地と夫ルイス名義の土地につなげて家を建てていた。夫ルイスが1894年に亡くなった後は、東に戻りアイオワ州で再婚している。

竜巻

　ローラとアルマンゾがドライブ中に遭遇した竜巻は実際にあった出来事で、デ・スメット周辺に甚大な被害をもたらした。この時の竜巻は、アメリカで撮影された最も古い竜巻として写真に残されており、ローラが目にしたであろう恐ろしい姿を今に伝えている。

1884年8月28日、デ・スメット西部のハワードで撮影された竜巻。

ブラウン牧師とジョン・ブラウン

　ローラとアルマンゾの結婚式を執り行ったブラウン牧師は、奴隷解放で著名なジョン・ブラウンのいとこだった。ジョン・ブラウンは、北部の奴隷解放支持者の支援を受け、熱烈な奴隷解放運動を展開した。彼は力に訴えて南部の武器庫を襲撃するなどしたが、やがて鎮圧され、多くの嘆願もむなしく絞首刑になった。日本では「権兵衛さんの赤ちゃんが風邪ひいた」などの歌詞で知られるリパブリック讃歌は、南北戦争時に作曲された歌だが、北軍が彼を偲んで「ジョン・ブラウンは墓場で蘇り〜」という替え歌にしたことで、愛国歌として広まった。

John Brown
1800-1859

ブラウン牧師は、ジョン・ブラウンといとこ同士。もじゃもじゃのひげと鋭い目つきがよく似ている。

© Laura Ingalls Wilder Home & Museum, Mansfield, MO.

サウスダコタ州デ・スメット 1885 － 89

「はじめの四年間」

ローラはアルマンゾと結婚して、開拓地で新しい家
庭を持った。長女ローズの誕生、小麦の壊滅、生ま
れて間もない長男の死、火事、病気など、喜びとそ
して多くの苦しみを重ねながら、明日への希望を持
ちつづけた四年間の記録。

写真：『はじめの四年間』谷口由美子訳　岩波少年文庫

左：二人がよくドライブをしたト
ンプソン湖。中：ローラとアルマン
ゾの新婚の家跡。アルマンゾは
申請した樹木農地に小さな家を建
ててローラを迎えた。しかし火災
で全てを失ってしまう。
左下：ローラとアルマンゾが夢見
た小麦畑（デ・スメット）。右下：
馬を育てて売るのも大きな収入源
だった。そしてアルマンゾは馬の
飼育に長けていた。

ホームステッド法

　とうさんはデ・スメット近くの土地の払い下げを申請して入植した。この払い下げ申請はホームステッド法に基づくものだ。ホームステッド法は一家の家長、または 21 歳以上の合衆国市民、または合衆国市民になろうとするものが、申請した 160 エーカーの公有地に 5 年間居住し、開墾することで、その土地を無償で手に入れられるというものだ。南北戦争中の 1862 年にリンカーン大統領によって制定された。続いて 1873 年にはホームステッドの申請

者が 40 エーカーの土地に樹木を育てることを条件にさらに 160 エーカーの土地を無償で入手できる法律もできた（※この法律は抜け穴が多くわずか 14 年後の 1891 年には廃止）。

　これら法律に後押しされ、その後数多くの人々が西部に入植し、大陸横断鉄道と共に西部開拓の原動力となった。1890 年頃のフロンティアの消滅で西部開拓時代は終焉を迎え、実質的な役割は終えるが、ホームステッド法が廃止されたのは 20 世紀、1976 年のことである。

物語に登場する人々の所有地（デ・スメット 1884 年ごろ）

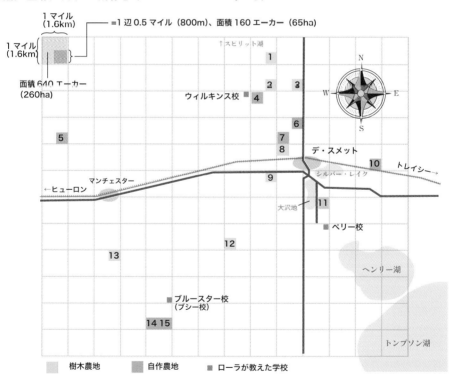

1　ロイヤル・ワイルダー
2　イライザ・ジェーン・ワイルダー
3　**アルマンゾ・ワイルダー (新婚の家)**
4　トーマス・ウィルキン
5　ジェームス・マッキー
6　**アルマンゾ・ワイルダー**
7　ロイヤル・ワイルダー
8　**チャールズ・インガルス**
9　ブラウン牧師（アイダ・ブラウン）
10　ボースト夫妻
11　チャールズ・インガルス（農場）
12　ボースト夫妻
13　ネイサン・ダウ（グレイスの夫）
14　ブシー夫（ブルースター夫）
15　ブシー妻（ブルースター妻）

通信販売

　ローラたちは、二人で迎えた初めてのクリスマスの記念に、ガラス器のセットを買うことにした。彼らが利用したのは通信販売で、モンゴメリー・ウォード（1843-1913）が考案した通販カタログから商品を選んで注文したのだ。

　鉄道がようやく整備されたばかりの広大なアメリカで通信販売が急速に普及した背景は、主な顧客層である地方の農民が、容易に町に出られず行商か個人商店を利用するしか無かったためで、どこに住んでいても、多くの商品から選べて買える通販は大歓迎されたのだ。

　1896年、モンゴメリー・ウォード社の最大のライバル会社となるシアーズが通販カタログを発行し、当時の世界最大手に成長する。シアーズのカタログは、消費者のバイブルとまでいわれ、子どもの絵本代わりになるほど親しまれた。シアーズの創始者リチャード・シアーズ（1863-1914）は、ミネソタ州出身で、若い頃はスプリングバレーにおり、同じ町に住んでいたアルマンゾとは仲良しだったという。

モンゴメリー・ウォード社は1872年にシカゴで通販事業を開始し、ローラたちが利用したように、1885年にはすでに中西部の開拓地まで通信販売が普及していた。写真上は1895年版の表紙。下は1898年版のカタログより。

ジフテリア

　二人の新婚生活に深刻な影を落としたのが病気だった。二人はジフテリアに感染した。幸い一命は取り留めたが、アルマンゾは病み上がりの無理がたたって、麻痺の残った足は生涯元に戻らなかった。

　ジフテリアは古代からある疾患で、ジフテリア菌が牛や羊を介して人に伝染する。菌の毒素によって心筋炎を起こして死に至る危険もある（致死率は5〜10％）。感染力が非常に高く、咳やくしゃみで容易に伝染する恐ろしい病気で、娘のローズは直ちにチャールズの家に隔離された。

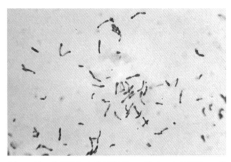

ジフテリアは細菌による伝染病で、日本でも1920〜40年までの小児感染症の死亡原因の一位だった。ワクチンも抗生物質もなかった当時は恐ろしい死病であった。

働く女性

　開拓生活では、多額の現金が必要になる場面はごく限られていた。しかし思わぬ事で必要になることもあった。インガルス一家はメアリを盲学校に入れるため、まとまったお金が必要になる。そこで14歳のローラが外に働きに出るのだが、話を聞いたキャロラインは「仕事？女の子が？町で？」と慌てる。当時、外で現金収入を得るのは男性の領分で、若い女性ができるまともな仕事はごく限られており、低賃金の手仕事か、ホテルの手伝い、教師になるしかなかったからだ。

　原野にようやく人が住みはじめた西部では、働ける場所自体少なかったが、幸いデ・スメットは発展下の町で、多くの人手が必要とされていた。ローラの仕事先は町の仕立て屋だった。

　その頃は女性の服はまだ家庭内で仕立てるのが一般的だったが、男性服は既製品が出回るようになっていた。特に開拓地では、まだ家庭を持っていない若い男性の比率が高く、男性用のシャツの需要は高かった。

　ローラは裁縫が苦手だったが、それでもボタンホールをかがる速さと正確さは誰にも負けない腕があった。一週間で1ドル50セントの賃金は決して高くはないものの、ローラはメアリの幸せを思い6週間休まず仕事をやり遂げる。

　教職は、女性が社会的に認められたほとんど唯一といってよい職業だった。知的な若い女性にとって教師という仕事はとても魅力的なものだったろう。たとい男性教師の半額近い報酬ではあっても、一ヶ月で20〜30ドルの収入ならよい稼ぎだといえた。しかしせっかく試験にパスして教師の職を得ても、ローラのように結婚を機に辞めてしまうのがほとんどだった。

　女性たちが働く目的は、自立や自己実現のためではなく、その多くがローラのように経済的な理由によるものだった。彼女らは父親の病気や不在、経済的な窮地を助けるため、一時的に「やむを得ず」仕事に出るのだと認識していた。

　19世紀のアメリカにおいて、女性が社会的に許されている場所はあくまで家庭内であり、家庭にとどまり慎み深くして、良き母であることが求められた。「女性らしさ」はいついかなるところでも要求されたのだ。

　一方でイライザ・ジェーンのように仕事に生き、独身を恐れず、権利をしっかり主張する女性も現れていた。ローラとは相性が悪かったイライザ・ジェーンだが、次の時代の到来を予感させる彼女の生き方は、ローラの娘ローズを魅了し、後に第一線のキャリアウーマンとなる彼女に大きな影響を与えた。

左：裁縫は女性必須の技術だった。若いローラは一日中針仕事をして働いた（パイオニア博物館）。
右：家庭には十分すぎる程仕事があった。洗濯一つにしても水くみから始まる重労働だった（オールドウィスコンシン博物館）。

3 書かれなかった物語

ワイルダー家ゆかりのメソジスト教会

スプリングバレー　1890 — 91

　デ・スメットでのローラとアルマンゾの労苦は報われず、農場は全く収穫が見込めなかった。火事や病気も追い打ちをかけた。そんな彼らを見かねたアルマンゾの両親が、一家をミネソタ州スプリングバレーに呼び寄せた。

　スプリングバレーは小麦やエン麦の生産量を誇る豊かな土地で 1855 年に町となった。アルマンゾの父ジェームスは、ニューヨーク州マローンでの農業の不振を受けて、妻アンジェリナの弟のつてを頼りに、一家でスプリングバレーに移住し、新たな農地を拓いていた。

左：ワイルダー一家は 1875 年にスプリングバレーに移住した。一家の大きな納屋が今も残っている。左下：アルマンゾの兄ロイヤルが店を開いた建物（右角）。ロイヤルはデ・スメットにも店を持っていたが、最終的にスプリングバレーで結婚して落ち着いた。右下：町の南東にあるスプリングバレー墓地には、ロイヤルのほか、母方の親族らが眠っている。

メソジスト教会の設立は 1876 年。ワイルダー家も力を貸している。建立後最初の結婚式は、アルマンゾの姉アリス・ワイルダーだった。ローラとアルマンゾも滞在中はこの教会に出席した。

フロリダ　1891 — 92

　アルマンゾの健康回復のため、ローラたちはいとこのピーターを頼って、さらに温暖なアメリカ南部のフロリダ州ウエストビルに移った。しかしひどい暑さと湿度に加え、北部とは全く違う南部人の考えや習慣にローラは馴染むことが出来なかった。

　南北戦争後、アメリカは形としては一つの国に戻ったが、考え方は南部と北部では大きく異なったままだった。ローラはあくまで北部のヤンキー育ちなのであった。

フロリダ州ウエストビルに移住した頃のローラとアルマンゾ。険しい表情のローラが印象的である。ローラは「ここの人々は大きなチョウや虫を食べる植物、ワニよりも、ヤンキー女性が珍しかったようだ」と記した。娘ローズはフロリダでの体験を、ホラー風味の短編小説『イノセンス』にして発表し、オー・ヘンリ賞を受賞した。

© Laura Ingalls Wilder Home & Museum, Mansfield, MO.

column

Go West 〜西部への夢〜

チャールズの目はいつも西を向いていた。な
ぜ西なのか。「西」とは何だったのだろうか。ま
だ見ぬ土地、可能性と夢を秘めた場所、誰も知
らない世界。チャールズは踏み荒らされた道で
はなく、野生動物だけが棲んでいるような自然
の中で自由に暮らしたかったのだ。チャールズ
の西への憧れは、娘のローラにも受け継がれて
いた。

西を目指したのは、チャールズの両親の世代
からだった。チャールズやキャロラインの祖先
は、1600年代にイギリスから新大陸に上陸し
た。しかし彼らはすぐに西部へと向かったわけ
ではない。彼らはニューイングランド地方で落
ち着き、そこで数世代を重ねた。

しかしニューイングランド地方の大部分は、
カナダ盾状地から続く、古い岩盤の上に薄い表
土があるだけの痩せた土地で、農業に適した場
所は少なかった。新たな移民が流入し、現地で
育った二世、三世など人口が急増したが、彼ら
を養うだけの土地は無かった。ニューイング
ランドに入植した人々は、次第に北へ、ニュー
ハンプシャー州やニューヨーク州北部へ活路を
見いだそうとする。

18世紀末にニューヨーク州北部に入植した
インガルス家やワイルダー家の祖父世代は、そ
の地で一応の農業の成功をみている。交通網の
整備されていない時代には、市場となるボスト
ンやニューヨークなど沿岸部の都市との距離の
近さが重要なポイントだったからだ。

しかし19世紀に入り、ミシシッピ川の水運
が発達し、運河や鉄道の整備が進むと、肥沃な
土地が広がる中西部との距離がぐっと縮まっ
た。交通網が西へと延びていくのと同時に、
チャールズの祖父母世代は、誰も彼もが突然と
りつかれたかのように行動距離を伸ばし、わず
か一世代で中西部に達する。南北戦争の最中
に制定されたホームステッド法により無償で土
地が手に入るようになったことも後押しとなっ
た。

この時代、ローラたちだけでなく、数多の「イ
ンガルス一家」が様々な事情を抱えて西へ向
かった。それが大きな波となって西部開拓時代
という一つの時代を作ったのだ。

だがそれは同時にインディアンを荒野へ追い
詰め、リョコウバトを絶滅させ、自然を荒廃さ
せた時代でもあった。

やがて1890年代のフロンティアの消滅とと
もに、アメリカの西部開拓時代は終焉を迎える。
チャールズはデ・スメットで足を止め、ローラ
はミズーリ州で自分の農地に落ち着いた。もっ
と西へ行きたい —— チャールズとローラの見果
てぬ夢は、実際に西海岸に達したローズが実現
させた形になった。

今や東から西まですっかり拓かれてしまった
アメリカに、彼らの夢の余地は残っていただろ
うか。西部開拓時代の終焉をその目で見届けた
ローラは、そこに何を思っただろうか。

3

わが家への道

デ・スメット出発　1894

　フロリダからデ・スメットに戻ったローラたちは、町に小さな家を借りて、これからの生き方を模索していた。その結果やはり自分たちは農業しかないと悟る。でも目指す先はここではない、どこか新しい土地だ——。ローラは根っからの開拓者だった。

　1894年7月、ローラたちは両親や妹たち、友人らと過ごした思い出深いデ・スメットを後にする。はるか南のミズーリ州へ、それは二度と振り返らない最後の旅だった。

ローラとアルマンゾは、家財道具を積んだ幌馬車でミズーリ州まで40日以上かけて旅をした。
© Laura Ingalls Wilder Home & Museum, Mansfield, MO.

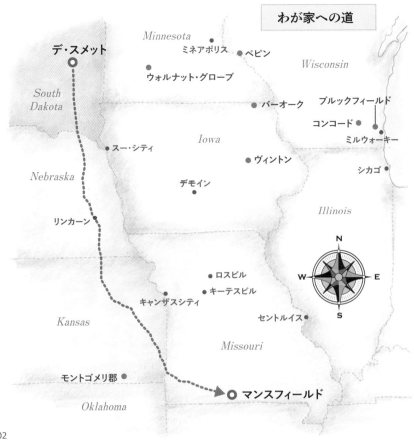

わが家への道

デ・スメット

South Dakota

Minnesota

ミネアポリス　ペピン

Wisconsin

ウォルナット・グローブ

バーオーク　ブルックフィールド

コンコード

ミルウォーキー

スー・シティ

Iowa

ヴィントン

シカゴ

デモイン

Nebraska

Illinois

リンカーン

N

W　　　E

ロスビル

S

キーテスビル

キャンザスシティ

セントルイス

Kansas

Missouri

モントゴメリ郡　　　　　　　　　マンスフィールド

Oklahoma

1894年7月17日（火）
AM8：40
デ・スメット出発

● =キャンプした場所、到着日
● =立ち寄り、通過

South Dakota

ローラとアルマンゾ わが家への道

7月17日（火）
ハワードの東

ノースウェスタン
鉄道を越える

7月18日（水）
マックック郡

7月19日（木）
ブリッジウォーターの東

クーリーさんの馬が怪我

ハッチンソン郡へ

7月20日（金）
ロシア人居留地

ジェイムズ川を
渡り崖の頂上
へ。景色に感動

7月21〜22日（土，日）
ジェイムス川の低地

ロシア人らと交流。
のんびり過ごす

ヤンクトン

町には失望

7月23日（月）
ミズーリ川から
1マイル先の森

壮大な眺め

7月24日（火）
丘陵地の窪地

ハーティントン

コウルリジ

Nebraska

7月25日（水）
ベルテン東

Iowa

ウィンサイド

ハンバグ・クリーク

7月26日（木）
ハンバグ・クリークの南

ドイツ人の家の傍でキャンプ

感じ良い町。
ほとんどドイツ人

スタントン

エルクホーン川

7月27日（金）
エルクホーン川を渡って数マイル先

7月28〜29日（土，日）
大草原の道端

大洗濯。行水をし馬車で
横になっていた。休養日

リー

シェルクリーク

7月30日（月）
シェルクリークの土手

スカイラー

馬車の車輪の輪金の交
換、西インド諸島に帰
る女性に会う

ブラッド川

ジェイムズ川

ミズーリ川

ヤンクトンを流れるミズーリ川。橋を渡れば
ネブラスカ州。ここがダコタの見納めだった。
©Little House Site Tours, LLC

103

スカイラー

8月1日（水）
オーククリーク

7月31日（火）
スカイラー南

今までで最高のキャンプ地

Nebraska

8月2日（木）
オーククリークの先

クーリーさんの馬が足を
痛め、出発を遅らす

リンカーン

美しい大きな町。
エンジン付き路面
電車を見た

8月3日（金）
リンカーンの先

リトル・ソルト・クリーク
ビッグ・ソルト・クリーク

8月4〜5日
（土、日）町の外れ

電信線に沿って進む。果樹
園が多い。温度計をなくす

ビアトリス

りんご畑が多い。ブルー川
の美しさに感動

ビッグブルー川

ブルー・スプリングス

8月6日（月）
ブルー・スプリ
ングスの近く

8/7 AM10:28:58
キャンザス州に入る

ディア・クリーク

ローラが感嘆したネブラスカ州都リンカーン
の議事堂。©Little House Site Tours, LLC

メアリズヴィル　多くのきれいな家

ビッグ・エルム・クリーク
リトル・エルム・クリーク

ある家のそばでキャンプ

美しい森とあらゆる野の花。
何度もブルー川を渡る。渡る
度に美しくなる。泉多し

8月8日（水）
スプリング・サイド近く

セント・メアリズ

一風変わった南部風の町。
マリア像のある大きな教会

道険しく石がゴロゴロ

8月9日（木）
ウエストモアランドの外れ

ロスヴィル

プリンス汽車に驚く

8月10日（金）
ルイスヴィル3マイル先

キングズリー

キャンザス川

移住者と何回もすれ
違い、会話する

8月11〜12日(土、日)
川岸の岬

8月13日（月）
学校の校庭

トピカは黒人が多い。電気ト
ラムやエンジン付きのトラム
を見る。州議事堂の横を通る

8月14日（火）
トピカ南
埃っぽい教会のそば

Kansas

8月16日（木）
サウス・オタワ郊外

クリークで貝拾い　**8月18〜19日(土、日)**
ビッグシュガークリーク

キャンザス州トピカの電気トラム（1885〜95年頃）

マンスフィールドへの旅

　マンスフィールドへは、目的地が同じクーリー夫妻と二人の息子ポール、ジョージも一緒だった。ポールとジョージはローズと年が近く、よい遊び友達だった。

　旅の間、彼らは様々な文化や技術に触れた。彼ら自身は旧来の幌馬車だったが、ローラは途中で電信線やエンジンで動くトラム、電気トラム、アスファルト道路など次世代のインフラに出会って驚いている。

　旅行費用に余裕は無く、アルマンゾは仕入れた防火マットを食べ物などと交換しながら旅を進めた。宿には泊まらず、毎日キャンプで、悪路に悪天候、馬車の故障など、アクシデントも少なからずあった。

南部的なカトリックの町、セントメアリーズ
©Little House Site Tours, LLC

Missouri

ローラたちが通ったオタワ。フランクリン郡庁所在地
©Little House Site Tours, LLC

8月15日（水）　迷子の犬ファイドゥ
ダグラス郡南西　と出会う

オタワ　石造りの大学や堂々たる
　　　　　裁判所を見る。黒人多い

8月17日（金）　農家で給水を断られる。学校
学校のそば　の傍のポンプ付きの井戸がある場所でキャンプ。夜洗濯

ウォール・ストリート

● ＝キャンプした場所、到着日
● ＝立ち寄り、通過

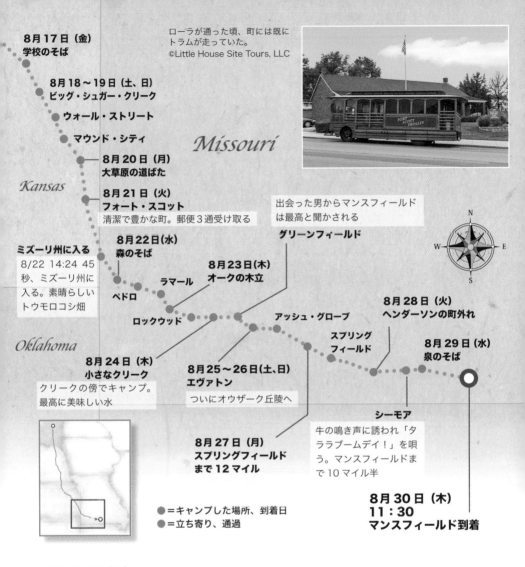

ローラが通った頃、町には既にトラムが走っていた。
©Little House Site Tours, LLC

8月17日（金）
学校のそば

8月18〜19日（土、日）
ビッグ・シュガー・クリーク

ウォール・ストリート

マウンド・シティ

Missouri

8月20日（月）
大草原の道ばた

Kansas

8月21日（火）
フォート・スコット
清潔で豊かな町。郵便3通受け取る

出会った男からマンスフィールド
は最高と聞かされる

グリーンフィールド

ミズーリ州に入る
8/22 14:24 45
秒、ミズーリ州に
入る。素晴らしい
トウモロコシ畑

8月22日（水）
森のそば

ラマール

8月23日（木）
オークの木立

ペドロ

ロックウッド

アッシュ・グローブ

8月28日（火）
ヘンダーソンの町外れ

Oklahoma

スプリング
フィールド

8月29日（水）
泉のそば

8月24日（木）
小さなクリーク
クリークの傍でキャンプ。
最高に美味しい水

8月25〜26日（土、日）
エヴァトン
ついにオウザーク丘陵へ

牛の鳴き声に誘われ「夕
ララブームデイ！」を唄
う。マンスフィールドま
で10マイル半

シーモア

8月27日（月）
スプリングフィールド
まで12マイル

8月30日（木）
11：30
マンスフィールド到着

●＝キャンプした場所、到着日
●＝立ち寄り、通過

旅する速度

　ローラたちは、デ・スメットからマンスフィールドまで、750マイル（1200km）の道のりを走破した。彼らは一日平均21マイル（34km）のペースで進み、計42日（うち休養日が6日）かけて目的地にたどり着いている。

　馬車を時速4マイルの速さとして、通常は一日25〜30マイル（40〜50km）ほど進めた。途中で換え馬ができる郵便馬車なら一日60マイル（約100km）程度まで可能だったというが、ローラたちが移動に使ったのは家財道具でいっぱいの荷馬車で、子どももいる家族づれだったため、それほど距離は伸びなかったと思われる。加えて彼らは必ず日曜日に休日を入れるなど、比較的のんびりした旅であった。

ミズーリ州マンスフィールド　1894〜

1894年8月、ローラたちは40日以上にも及ぶ長い旅の末に、ようやく赤いりんごの実る憧れの地にたどり着いた。再起をかけて、ローラとアルマンゾは二人で岩の多い大地を開墾し、作物を育て、家畜を殖やし、やがて豊かな実りの時を迎えた。さらに長い時が流れ、晩年を迎えたローラの胸に、懐かしい子どもの頃の思い出がよみがえるのだった。

写真：『わが家への道』谷口由美子訳　岩波少年文庫

ロッキーリッジと名づけた白い家がローラの終の棲家となった。中段：アルマンゾが建てた家の台所（黒い大きな窓部分）は、ローラが楽しく家事が出来る工夫でいっぱい。左下：ロッキーリッジのリンゴ。赤いリンゴの実る土地、というのがローラたちの心を掴んだのだ。右下：周囲の土地はむき出しの岩盤が多く見られる。
下：一人娘ローズが両親にプレゼントしたロックハウス。晩年の一時期、ローラたちはモダンなこの家で暮らした。

ロッキーリッジ〜終の棲家

　ローラたちがたどりついた土地は、アメリカの中部オウザークマウンテンズに位置し、石灰岩やドロマイトなどの岩盤で形成された台地の一角にあり、森も水も豊かで気候も穏やかだった。岩だらけの土地だったので、二人は自分たちの家にロッキーリッジと名づけた。

　懐かしいウィスコンシンの森のような木々は、一部は薪となって一家の最初の収入になり、優しい緑は、心安らぐ風景となって二人の日々の労苦を癒やした。

　岩を取り除かねばならない開墾には多くの労力を伴ったが、やがて苦労は報われ、大地は二人に多くの実りをもたらした。

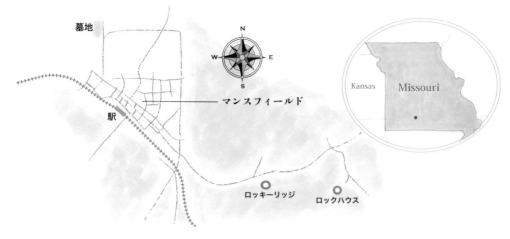

マンスフィールドに鉄道が開通したのは
1882年。郵便と貨物の流通拠点になった。
ローラの住むロッキーリッジは町の中心から
1.3マイルほど離れている。

上：1892年創業のマンスフィールド銀行（現ホームプ
ラウド銀行）。左下：駅前のロータリー。鉄道の旅客部
門は1935年には早くも廃止され、今は貨物が通過す
るのみで駅舎はもうない。中央の白い建物は1800年
代の建物で、元はドラッグストアだった。現在は数少
ない町のB&Bである。右下：町の中心地にある壁画に
はロッキーリッジとロックハウスが描かれている。

マンスフィールド

　マンスフィールドの歴史は、1881年、町を
興すための土地の購入から始まった。購入者で
弁護士のF.M.マンスフィールド氏の名前がつ
けられたこの町は、1886年には正式に町に昇
格したが、この頃に鉱山会社が出来たことで、
町は急成長している。ローラとアルマンゾが到
着した1894年には、町には電話さえ通ってお
り、郡内ではもっとも成長著しい町として活気
がみなぎっていた。

　しかし1920年に鉱山ブームが終焉を迎える
と、町の産業は酪農業へと転換し、鉱業用地は
農地へと変わった。ローラが農業雑誌にさかん
に原稿を送るのもその頃のことである。

町の西にある墓地にローラとアルマンゾ、ローズが眠っている。マンスフィールドまで一緒に旅し、若くして亡くなったクーリーさんの墓もここにある。

ローラの眠る町

　ローラとアルマンゾは、マンスフィールドでその生涯を終えた。ローラがマンスフィールドに来たときは、まだ若くて元気な 27 歳だった。旅に憧れ続けたローラだったが、その後 60 年近くの長い歳月を、この町で農民として生きた。晩年、ローズの勧めで自伝的物語「小さな家」シリーズを執筆したものの、ローラ自身は自分のことを最後まで作家だとは思っていなかったのかもしれない。

　ローラが人生の大半を過ごしたマンスフィールドには、ローラの銅像ほか、彼女の家や名前を冠した図書館、そして彼女自身が眠る墓地がある。

左：ローズの墓の裏には、トマス・ペイン作「農民の正義」の一節が刻まれていた。下：左はローラとアルマンゾ、右はローズの墓。

「大草原」と「若草物語」

大草原の小さな家（復元・カンザス州）

　「小さな家」シリーズと並んで有名な家庭小説に『若草物語』がある。『若草物語』は、作者ルイザ・メイ・オルコットが東部マサチューセッツ州を舞台に、自分の分身であるジョオ・マーチと姉妹の日常を描いた物語だ。舞台は南北戦争中の1860年代。『大きな森の小さな家』が1870年代なので、意外にも時代は近い。両者を読み比べると、東部と西部の暮らしの違いが興味深く読み取れる。しかし同時に二つの作品には、典型的な東部ヤンキーの家庭の理想が共通点として見えてくる。

　マーチ家の母親は不在の父親に代わって、娘たちに正しい生き方を示し続けた。作者のルイザの家庭は、父親が前衛的な教育者で、実利を求めず理想に生き続けたため一家は貧しい暮らしを強いられた。それでもルイザの母アッバは娘たちのよき導き手となり一家を支えた。彼女はボストンの名門出身であった。一家はエマーソンやソロー、ホーソンなど文化人と家族のように付き合う環境に恵まれ、それなりの暮らしを維持することもできた。

　お金にゆとりはなくても、正しく、教育を重んじる、ピューリタン的な価値観で育ったルイザは、『若草物語』に家族の理想を描いたといえる。

　一方ローラが小さな丸太小屋で暮らしていたのは、それから10年後の中西部である。文明どころか隣近所もなく、小さな丸太小屋で何百年前と変わらないような、自給自足で生きていく暮らしだ。

　そういうなかでもローラたちはキャロラインの監督の下、きちんとした生活を送るように求められている。隣まで何十キロも離れている大草原にいても、キャロラインは服にアイロンを掛け、ローラたちの髪をきちんととかし、食事のマナーをしつけ、日曜日は聖日であることを厳格に守らせる。彼らヤンキーはどんなに周囲の環境が変わっても、信条や行動をそのまま開拓地に持ち込んだ。

　東部から遠く離れた中西部にヤンキー気質が受け継がれているのは、東部の人々が、彼らの生活習慣をそのまま背負って中西部へ移動した歴史に他ならない。チャールズやキャロライン、そしてアルマンゾの先祖たちは、彼らの親たちから受けついだ考え方を携えて、西に向かったのだ。

マサチューセッツ州コンコードにあるオルコット邸（オーチャード・ハウス）。貧しいとはいえ何部屋もある大きな屋敷で、ここにルイザたちは最も長く住んだ。エマーソンやホーソンとは隣近所の間柄だった。

4

アルマンゾ

ニューヨーク州マローン 1866

「農場の少年」

ローラの夫になるアルマンゾの少年時代の物語。農場の少年アルマンゾは、何より馬が大好きだった。学校へ行くよりも父さんの農場の手伝いの方が楽しいと思っていた。子牛を訓練することや、すばらしいカボチャを育てる面白さを知るうちに、アルマンゾはいつか父さんと同じ農夫になろうと決心する。

写真：『農場の少年』恩地三保子訳　福音館書店

上：農場のすぐ近くを流れるトラウトリバー。毛を刈る前の羊を洗ったり、アルマンゾが父さんと雨の日に釣りに行ったりした。中左：母屋に当時の衣装も展示され、豊かな暮らしぶりを伝えている。中右：梳く前の羊毛。農場で飼っていたのはメリノ種。19世紀になってアメリカに輸入され、西部開拓時代に広まった。下：母屋。アルマンゾが住んでいた当時の家が今も残り、保存されている。

アルマンゾの少年時代の家

アルマンゾが少年時代を過ごしたのは、ニューヨーク州北部カナダ国境に近いマローン。町から東に5マイルほどのところにある農場だ。アルマンゾの父ジェームスが1840年に購入した農地で、この農場を舞台にして書かれた『農場の少年』では、インガルス一家とは全く異なる豊かな東部の農家の暮らしが描かれている。

ワイルダー家の農場
〜春〜

丸太置き場

畑

母屋

アルマンゾの少年時代の家は修復され、現在はミュージアムとして公開されている。ビジターセンターには貴重な資料が展示され、当時のアルマンゾたちの暮らしを知ることができる。

CANADA

New York

Pennsylvania

納屋兼家畜小屋

ポンプ室

りんご畑

アルマンゾの少年時代を再現した模型。
上：荷馬車。大納屋に直接乗り入れることが出来た。
中：表庭全景。下：三方を納屋に囲われ、もう一方は板壁の納屋庭。

■ Information

最寄りの町　　　　　マローン
町までの距離　　　　5 マイル

117

納屋

　納屋は『農場の少年』にもっとも多く登場した場所の一つだ。アルマンゾは時間があれば厩で仔馬を眺め、納屋庭で仔牛のスターとブライトを訓練した。大納屋の納屋床では、父さんと一緒に二連橇を作り、吹雪の日には南納屋で小麦やカラス麦の脱穀の仕事に明け暮れた。

　彼は少年時代多くの時間を納屋で過ごした。納屋はアルマンゾの少年時代の思い出がたっぷりと詰まった場所なのだ。現在はアルマンゾがローラのために描いたスケッチを元に再建された納屋が当時の様子をありありと伝えている。

左上：物語の挿絵にも登場するブリキのランタン。
右上：納屋の中に置かれた写真はかつての干し草作りの様子を伝えている。左下：納屋に置かれた馬車。

ワイルダー家の系譜

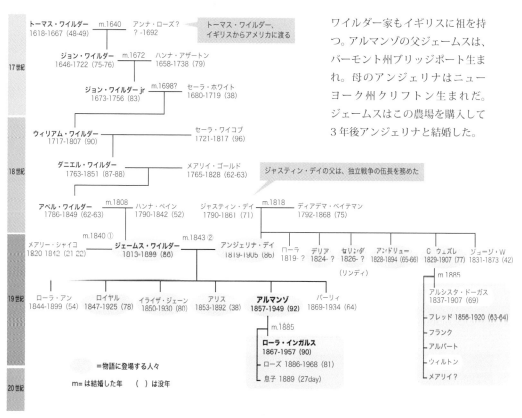

17世紀	トーマス・ワイルダー 1618-1667 (48-49)	m.1640	アンナ・ローズ? ? -1692	トーマス・ワイルダー、 イギリスからアメリカに渡る

ワイルダー家もイギリスに祖を持つ。アルマンゾの父ジェームスは、バーモント州ブリッジポート生まれ。母のアンジェリナはニューヨーク州クリフトン生まれだ。ジェームスはこの農場を購入して3年後アンジェリナと結婚した。

ジョン・ワイルダー　m.1672　ハンナ・アザートン
1646-1722 (75-76)　　1658-1738 (79)

ジョン・ワイルダーjr　m.1698?　セーラ・ホワイト
1673-1756 (83)　　1680-1719 (38)

ウィリアム・ワイルダー　セーラ・ワイコブ
1717-1807 (90)　　1721-1817 (96)

ダニエル・ワイルダー　メアリイ・ゴールド
1763-1851 (87-88)　　1765-1828 (62-63)

ジャスティン・デイの父は、独立戦争の伍長を務めた

アベル・ワイルダー　m.1808　ハンナ・ペイン　ジャスティン・デイ　m.1818　ディアデマ・ベイテマン
1786-1849 (62-63)　　1790-1842 (52)　　1790-1861 (71)　　1792-1868 (75)

m.1840 ①　　　　m.1843 ②
メアリー・シャイコ　ジェームス・ワイルダー　アンジェリナ・デイ　ローラ　デリア　セリンダ　アンドリュー　C ウェズレ　ジョージ・W
1820-1842 (21-22)　1013-1899 (86)　　1819-1905 (86)　　1819-?　1824-?　1826-?　1828-1894 (65-66)　1829-1907 (77)　1831-1873 (42)
　　　　　　　　　　　　　　　　　　　　　　　　　　　　　　　　（リンディ）

ローラ・アン　ロイヤル　イライザ・ジェーン　アリス　アルマンゾ　パーリィ
1844-1899 (54)　1847-1925 (78)　1850-1930 (80)　1853-1892 (38)　1857-1949 (92)　1869-1934 (64)

m 1885
アルシスタ・ドーガス
1837-1907 (69)

フレッド 1856-1920 (63-64)
フランク
アルバート
ウィルトン
メアリイ?

m.1885
ローラ・インガルス
1867-1957 (90)
ローズ 1886-1968 (81)
息子 1889 (27day)

= 物語に登場する人々
m= は結婚した年　　( ) は没年

納屋見取り図

納屋の構造は物語の最初で詳細に描写されている。この図は物語と再建された納屋を参考にした想像図。

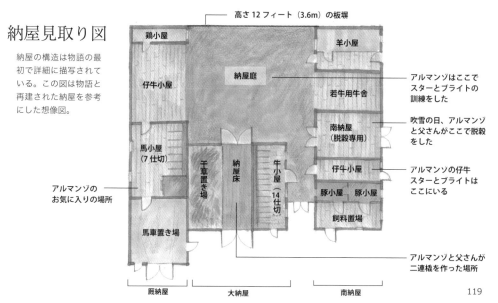

高さ12フィート（3.6m）の板塀

鶏小屋　　　羊小屋

納屋庭

仔牛小屋　　若牛用牛舎

アルマンゾはここでスターとブライトの訓練をした

馬小屋
(7仕切)　　南納屋
(脱穀専用)

吹雪の日、アルマンゾと父さんがここで脱穀をした

千草置き場　納屋床　牛小屋
(14仕切)

仔牛小屋

アルマンゾの仔牛スターとブライトはここにいる

豚小屋　豚小屋

飼料置場

アルマンゾのお気に入りの場所

馬車置き場

アルマンゾと父さんが二連橇を作った場所

厩納屋　　大納屋　　南納屋

ワイルダー家の母屋。保存のために買い取られた後、修復された。

ワイルダー家ゆかりの品や当時の暮らしを伝える道具が展示されている。ワイルダー家の食卓では普段からたくさんの皿が並んだ。下は料理用ストーブ。

壁のしみ

　両親の留守中、客間のストーブを磨いていたアルマンゾは、姉のイライザ・ジェーンと口論になり、勢い余ってストーブ磨き用の墨で壁紙に大きな真っ黒いしみをつけてしまう。両親に厳しく叱られることを覚悟するアルマンゾだが、両親が客間に入ったときにはしみは魔法のように消えていた。イライザ・ジェーンが屋根裏にあった壁紙の残りでうまく繕ってくれたのだが、日頃アルマンゾとぶつかることの多いイライザ・ジェーンだけに、姉弟の絆と彼女の機知を感じる印象深いエピソードだ。

ツアーでは見つかったしみの写真を見せながら解説。

　このエピソードを裏付けるかのように、母屋の修復のために客間の壁紙を剥がした際、壁紙に黒いしみが残っているのが見つかった。物語と歴史を今に伝える貴重な資料だ。

東部の豊かな暮らし

　大きな納屋に何十頭もの馬や牛や羊。日々の食卓にはクリスマスなど特別な日でなくとも肉汁のたっぷりかかったローストビーフや幾種類ものパイやチーズ、何枚も重なったパンケーキなど、いくつもの皿が並ぶ。ワイルダー家は町でも一目置かれるほどの成功者とはいえ、ローラたちインガルス一家とは全く異なる豊かな農家の暮らしが描かれている。

　この豊かさを支えているのが巨大な市場ニューヨークとの結びつきだ。物語ではジャガイモやバターなど様々な農産品や馬などを、ニューヨークからやってきた仲買人が買い付けていく様子が繰り返し描かれている。物流コストが競争力に影響するのはいつの時代も変わらない。アルマンゾの少年時代の1860年代は、既に運河網は整備され、鉄道網も東海岸からミシシッピ川の手前まで届いていたが、更に西の中西部へと路線が延びるのはもう少し先のことであり、まだ東部の農家は地理的優位にあった。

　だが東部は元々肥沃な土地ではなく、やがて交通網が整備され安価な大量輸送手段が確立すると、肥沃な中西部の開拓農家との競争に晒されるようになっていくのである。ワイルダー家も不作が続いたこともあり、時代の流れの中、他の多くの開拓者同様、西へ向かうことになる。

母屋の調度品からも豊さを感じられる。

孤児列車

開拓時代を象徴するもう一つの出来事が孤児列車だ。ローラたちが大草原で開拓農民として暮らしていた同じ頃、アメリカ東部では、都市部でストリートチルドレン化していた孤児を集めて、開拓地に送り出すという事業が行われていた。親を亡くした子や捨て子を中西部の家庭に養子縁組させるというもので、1854年から1929年まで、20万人以上もの子どもが列車に乗せられて中西部に送り込まれた。その多くはアイルランドからの移民一世だった。

孤児列車は、キリスト教の慈善団体が始めた人道的な計画ではあったが、実態は人身売買に近く、養子縁組というよりただ働きの年季奉公に近かったという。

孤児列車の子どもは駅ごとに下ろされて商品のように並ばされ、見定められた。赤ちゃんや丈夫そうな子、家事や子守に向く利発そうな子は、すぐに引き取り手がついた。もらい手が現れるまで旅は続くが、契約が成立すればたとえきょうだいであっても引き離され、再会は絶望的だった。

それでも中西部開拓地での労働と厳しいしつけ、そして教育こそが、そういった貧困下にある孤児にとって必要なのだと、慈善家で創設者のチャールズ・ローリング・プレイス（1826-1890）は信じていたという。アメリカでは身寄りのない子どもを救う社会福祉施策は、1930年代までなかった。

開拓時代、不慮の事故は隣り合わせだった。実際、ある一家が病気に罹り子どもだけが助かった場面をローラは見ている。保護者を失えば子どもは直ちに厳しい境遇に陥った。開拓地はそんな危険がいつでも口を開けて待っていた。インガルス家の日々の暮らしへの感謝の祈りがどれほど実感を伴った願いだったかと考えさせられる。

馬車

19世紀に入るとアメリカ東部では馬車は移動手段として広く一般化し、乗用の軽装馬車は1830年代には庶民にも手の届くものになった。馬車には様々なタイプのものがあるが、西部開拓時代に広く使われたのは乗用馬車バギイと荷馬車ワゴンである。

インガルス一家が使った幌馬車もカバードワゴンと呼ばれるワゴンの一種だ。チャールズは手持ちの荷馬車に、ヒッコリーの枝を曲げて幌を張る枠を自作して取り付けている。

バギイは通常一頭立てで二輪の軽装馬車を指すが、アメリカでは二頭立てや四輪ものでもバギイと呼ばれ、『この楽しき日々』でローラとアルマンゾが湖までドライブしたのもバギイだが、挿絵は四輪で描かれている。

デート用の新しい馬車を買うために、農場の仕事の他に材木運びにも精を出すアルマンゾが何とも微笑ましい。

アルマンゾの父が所有したのも二頭立てで四輪のもの。

アイスクリーム

食いしん坊のアルマンゾが主人公の『農場の少年』は、食べ物や食事の描写に事欠かない。両親が親類の家へ泊まりがけで出かけた日、子どもだけでの留守番が始まると真っ先に始めたのがアイスクリーム作りだった。ミルクとクリーム、それにたっぷりの白砂糖を桶に入れて、たらいの中に据え、氷と塩で冷やしながら、何度もかき回すとやがてアイスクリームができあがる。『農場の少年』の中でも特にワクワクさせられる場面の一つだ。

日頃はお堅いイライザ・ジェーンまでもが虜になるアイスクリームだが、物語で描かれていたように家庭で作るには大変手間がかかる。

そんな状況を一変させたのがアメリカの主婦、ナンシー・ジョンソンが発明した手回し式アイスクリーム攪拌機である。

アルマンゾが生まれる10年ほど前の1846年にこの機械が発明されると、アイスクリームは人々にとって身近なものになった。

手回し式アイスクリーム攪拌機 (ワイルダー農場)

独立記念日

『農場の少年』ではアルマンゾが見た独立記念日の祝祭の様子がローラの手で克明に描写されている。

星条旗を先頭に華やかな音楽を奏で行進する楽隊、独立宣言の朗読、政治演説、大砲による祝砲、広場にはレモネードのスタンドが並ぶ。楽隊が演奏する曲がヤンキー・ドゥードゥルで、政治演説が保護貿易と自由貿易の主張というのがいかにも南北戦争直後らしいところだろう。

「私はこの祭りが偉大な記念日の祭りとして後の世代に祝われることを信じている。この大陸の端から端まで、華やかなパレード、ショー、ゲーム、スポーツ、銃、鐘、かがり火、イルミネーションで祝われるべきである (一部略)」

これは独立宣言の署名者の一人であるジョン・アダムズが妻へ書き送った手紙の一節である。現代では祝祭のクライマックスは盛大な花火に取って代わられたところが多いが、アダムズの願いは時代とともに形を変えながら今も受け継がれているようだ。

アメリカの独立記念日は7月4日。1776年のこの日に独立宣言が発せられたことに由来する。ワイルダー一家は独立記念日の朝、総出で遅霜の対応に追われた。真夏の霜にこの地の農業環境の厳しさが伺えるが、それでも正装で町に繰り出す一家がこの日の重みを映し出す。

「この国を造ったのは斧と鋤だということを忘れちゃいけない」アルマンゾの父ジェームスの、開拓民の自負心を強烈に伝える言葉だ。開拓民にとって独立記念日は祝祭の日であるとともに、自らの原点を再認識する日でもあったのだろう。

© Laura Ingalls Wilder Home & Museum, Mansfield, MO.

その後の
インガルス家

　ローラがアルマンゾと結婚して家を離れた後、物語はローラの暮らしが中心となり、インガルス家の人々は時折名前が出てくるだけになる。ローラが幼かった頃、ローラの世界の中心だった家族も、古くなった揺り籠のように、ゆっくりその役割を終えようとしていた。

　ローラの結婚を見届けた後、チャールズは農場を手放し、デ・スメットの町中に家を建て、キャロラインとメアリ、キャリー、グレイスの五人で暮らした。生涯西部への憧れを捨てきれなかったチャールズだったが、落ち着いた暮らしと娘たちへの教育を願うキャロラインとの約束通り、再び幌馬車に荷を積むことはしなかった。やがてキャリーとグレイスもそれぞれの道を見つけて巣立っていく。

　ローラが娘のローズに勧められて『大きな森の小さな家』を書き始めたのは、既に初老を迎えた65歳の時だった。懐かしいとうさんやかあさん、メアリやキャリー、グレイス。あの開拓時代の暮らしを忘れずに残しておきたいという思いから手がけた物語は、予想外の好評で迎えられ、シリーズ化されて次々と世に出て行った。ローラが物語を書く頃には、すでにチャールズとキャロライン、そしてメアリも亡くなっていたが、存命だったキャリーとグレイスは、ローラと共に思い出を語り合いながら、執筆を助けたという。

　「小さな家」シリーズが人気を博し、世界中からファンレターが届くようになってからも、ローラは自分の小さな農場とその暮らしをこよなく愛し続けた。家族の絆を描いたローラだったが、一人娘のローズは子どもに恵まれず、インガルス家のほかの姉妹も子どもを残さなかったので、インガルス家の系譜はローズとともに静かに幕を降ろしている。

インガルス一家全員の写真。左から、かあさん、キャリー、ローラ、とうさん、グレイス、メアリ。撮影地はデ・スメットだろうか。よく見ると足元は草である。当時のカメラは光量を必要としたため、外で撮影することも多かった。

Charles Phillip Ingalls　1836-1902
& Caroline Lake Quiner Ingalls　1839-1924

とうさんとかあさん

　ローラの結婚後、チャールズはしばらく農業を続けていたが、やがてデ・スメットの町に新しく家を建て、そこで落ち着いた。人生で幾度も旅をしてきたチャールズとキャロラインの、そこが終の棲家となった。その後のチャールズとキャロラインの暮らしは詳しくは分からない。若い頃から人一倍働いたチャールズは、まだ66歳という若さで亡くなっている。グレイスの結婚を見届けた翌年のことであった。

上：デ・スメット墓地のチャールズとキャロラインの墓。下：チャールズの最後の家は1889年に完成した。キャリーやグレイスはこの家から学校に通い、幼いローズもよくこの家に預けられた（デ・スメット）

メアリ・アメリア・インガルス

　長女メアリは14歳で全盲となったが、アイオワ州の盲学校に入学し、24歳で優秀な成績を残して卒業した。生涯結婚はせず、母キャロラインと一緒にデ・スメットの組合教会で活動し、日曜学校の先生も務めた。チャールズが亡くなった後は得意の手工芸でハエよけ網を作るなどして生活を助けた。

　1924年にキャロラインが亡くなると、グレイス夫妻と同居し、後にキーストーンのキャリーのもとに移り、その地で亡くなった。

デ・スメット墓地のメアリの墓。幼い頃から聡明で美しかったメアリは将来が期待されていた。1928年10月20日、メアリは肺炎がもとで63年の生涯を閉じた。

上：チャールズの終の棲家にあるメアリの部屋。メアリが使ったものだろうか、点字ではなくアルファベットがそのまま打ち出された本が置いてあった。（デ・スメット）　下：メアリが入学したアイオワ州ヴィントンの盲学校。学校碑の横にメアリ・インガルスの名前も掲げられている。

キャリー・セレスティア・インガルス・スオンジー

「小さな家」シリーズでは、キャリーはいつも臆病で虚弱な少女のように描かれていたが、実際のキャリーはローラ以上にエネルギッシュなところもある女性だった。デ・スメット墓地のキャリーの墓。キャリーは糖尿病の合併症のため75歳で亡くなった。

キャリーはデ・スメット高等学校を卒業後、教師を経て、デ・スメットの新聞社に就職し、記者として活躍した。そして何社もの新聞社を掛け持ちするほどの売れっ子記者となる。キャリーもまたとうさんに似て、旅が好きだった。彼女は思い立つとウィスコンシンやミズーリへ旅に出た。家から遠く離れたコロラド州で一人暮らしをしてみたり、自作農地を申請して、農業を始めたりしたこともある。

41歳の時キャリーは、キーストーンで出会ったデイビッド・スオンジー（1854 1938）と結婚し、先妻の子メアリとハロルドを育てた。自身の子どもはなかった。

キャリーが勤めていた
デ・スメット・ニュース。
（写真は現在の建物）

キーストーン

デイビッド・スオンジーは、1890年代にサウスダコタ州キーストーンに入植した金鉱探鉱者だった。彼が命名したラシュモア山は、後に彼が推薦した彫刻家らによって四人のアメリカ大統領の顔が彫られ一大観光地になる。

デイビッドの息子ハロルドはラシュモア山の彫刻を手伝った一人で、ハロルドの名前も銘板に刻まれている。ローラも晩年にこの地を訪れている。

ラシュモア山は古くからインディアンの聖地だった。現在抗議の意味を込めて、その近くにスー族の戦士クレイジー・ホースの彫刻が彫られている。

グレイス・パール・インガルス・ダウ

グレイスは姉たちのように教師を務めた後、デ・スメット近郊にあるマンチェスターの農夫ネイサン・ダウ（1859-1943）と結婚した。農業だけではなく、キャリーのように地方紙の特派員としても活躍した。チャールズとキャロラインが亡くなった後は、メアリを引き取り、後にメアリがキャリーの家に行くまで一緒に暮らした。グレイス夫婦には子どもはいなかった。マンチェスター生まれの画家ハーベイ・ダンはネイサンのおいにあたる。

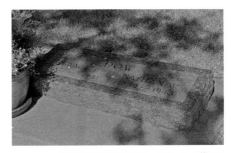

インガルス家の墓所から、数メートル離れた場所にグレイスと夫ネイサンの墓がある。

グレイスが暮らしたマンチェスターはデ・スメットの西9マイルにあった。残念ながら2003年の竜巻で町は壊滅し、今は何も残っていない。左上：竜巻で壊れたままの町の標識。右上：記念碑にグレイスの名前が見える。下：現地に建てられた記念碑。グレイスと画家ハーベイ・ダンがここに住んでいたことが記されている。

Laura Elizabeth Ingalls Wilder   1867-1957

ローラ・エリザベス・インガルス・ワイルダー

Almanzo James Wilder   1857-1949

アルマンゾ・ジェームス・ワイルダー

アルマンゾは大工の腕を活かして、ローラのための使い心地のいい台所や現地の石を使った暖炉など、隅々まで二人の理想と工夫を盛り込んだ。

ローラとアルマンゾは、マンスフィールドに居を定めた後、岩だらけの土地を開墾し、小屋を建て、家畜を育て、果樹園を作り、少しずつ自分たちの理想の農場を作り上げていった。その間、二人は燃料運搬や事務、経理仕事などを請け負い、下宿屋をしながら資金を貯めた。わずか100ドルから始めたミズーリ州での生活だったが、数年の内に「わが家もそれほど貧しくなくなった」とローラが語るほどになった。

ローラはアルマンゾの片腕であった。メンドリや七面鳥の飼育に関しては、第一級の腕前で、果樹園は殺虫剤を使用せずとも立派に実らせ評判をとった。

やがてローラは農業振興会などで講演を頼まれるようになり、さらに農業紙への記事も依頼されるようになった。ローラの書いた記事は「田舎の素晴らしさ」「小さな農家のすすめ」「泉を動かす」など、何年にもわたって続いた人気コラムとなった。このときの経験が、後のローラの作家生活の下地になっている。

こよなく愛するオウザークの地で、ローラとアルマンゾは共に90歳を超える長寿を保ち、20世紀の二つの大戦を見届け、開拓時代から現代アメリカまで激動の時代を生き抜いた。

左：町の中心部にあるローラの銅像。台座には彼女の書いた作品名が刻まれている。下：遠いデ・スメットのインガルス家の墓所に、名づける前に亡くなったローラの息子が眠っている。

幼かったローズは、長じてチャールズとローラが果たせなかった夢を叶えた。文字通り西海岸まで達したローズは、そこからさらに世界へと羽ばたいていった。

羽ばたくローズ

　ローラの一人娘ローズ（1886-1968）は幼い頃から才気を発揮した。地元の学校に飽き足らず、さらに高度な教育を求めてルイジアナ州のイライザ・ジェーン叔母の家に下宿し、クラウリー高校に進学。通常四年かかるラテン語のカリキュラムを1年で修了し、首席で卒業している。両親が学費を工面できなかったため大学進学を断念したローズは、電信技術を学び、キャリアウーマンとして家を出た。ローズは農場の暮らしには満足できなかったのだ。通信技師、不動産業を経て、ローズは作家、ジャーナリストとして世界各地を取材し、アメリカで最も高給取りの女性作家の一人となった。

上：ローズが暮らした海が見える町サンフランシスコ。
右：電信技師として勤務していたフェアモント・サンフランシスコホテル。下：ローズが住んだ家は見晴らしのよい高級住宅街にある。

ローラが見てきたアメリカ

　ローラが生きた時代は、激動の時代だった。ローラが誕生した 1860 年代、ウィスコンシン州では、まだ日々の糧を狩猟の獲物に依存するような自給自足の暮らしで、開拓の方法は何百年も前と同じように牛馬と人力によるものだった。

　だが、大きな森にも変化は現れていた。脱穀機の登場にローラがすっかりのぼせ上がる場面がある。その機械は文字通り馬力ではあったが、大人が数人どんなに急いでも追いつけないくらいのスピードで脱穀を行い、仕事はあっという間に終わってしまった。それを見たチャールズは「わたしは進歩派だよ。われわれは、すばらしい時代に生きているんだ」（『大きな森の小さな家』恩地三保子訳　福音館書店）と目を輝かせる。そのチャールズでも、後の技術の発展は想像もつかなかっただろう。

　その後鉄道網の拡張に伴って電信が整備されると、一気に都市部との文化的、経済的距離が縮まった。ローラが初めて汽車に乗ったのは 12 歳のとき。結婚したローラが 27 歳でマンスフィールドに旅した頃には、すでに電気トラムやエンジントラムが町を走っていた。その鉄道も 20 世紀を超える頃には早くも自動車に主役の座を明け渡している。

　晩年、ローラとアルマンゾもデ・スメットへの里帰りに、かつて 40 日以上かかった道を愛車ビュウイックで駆け抜けた。ローラは飛行機に乗って空も飛んだ。

　ローラが生きた時代は、生活を根本から変えていく技術が次々に現れた。「人々はいまや自動車にぽんと乗り、80 キロ先の町へ行き、映画を見て、買い物をし…」と、ローラは世の中の変わりように驚いている。

　電化製品は家事を飛躍的に省力化させ、アメリカ全土で同じ映画が上映され、レコードの音楽が町にあふれた。ローラの晩年にはカラーテレビ＊もあったのだ。宇宙にすらもう手が届こうとしていた。有史以来、これほど劇的にスピードが変わった時代はあっただろうか。

　ローラが幼かった当時、新しい土地へ出発するということは、見送る人々と今生の別れとなることを意味した。その後の技術の進歩は、人の行動範囲を格段に広げ、同時に人と人の距離を縮めもした。電話はいとも簡単に遠くの町と自分を繋いだ。ローラはその後、大きな森の祖父母たちと再会することはあったのだろうか。

＊ 1941 年ニューヨークでカラー放送始まる（一般放送は 1951 年〜）

物語の人々が眠る地

　物語に登場した人々は実在し、皆ひたむきに開拓時代を生きた。人々は東へ西へ、よりよい暮らしを夢見て移動を繰り返し、その多くは生まれた土地から遠く離れて生涯を終えた。20世紀まで存命し、新しいアメリカを見届けた者もいる。見果てぬ夢を胸に、彼らは今は静かな眠りについている。

Wisconsin

物語のはじまりの地
ウィスコンシン州には、ローラの祖父母をはじめ、多くの親戚の墓がある。それぞれが独立して、離ればなれに葬られている。

＊＝物語には登場しない人
［　］＝作品名

✚ Orange Cemetery
じいちゃん
Lansford Whiting Ingalls
ばあちゃん
Laura Louise Colby Ingalls
ジョージおじさん
George Whiting Ingalls
ハイラムおじさん
Hiram Lemuel Ingalls

✚ Plum City Union Cemetery
リディアおばさん
Lydia Louisa Ingalls Stouff

✚ Lincoln Cemetery
ヒューレット夫妻［大きな森］
Thomas Pennefather Huleatt Jr.
Maria Amelia Clarke Huleatt

✚ Poplar Hill Cemetery
ジェームスおじさん
James Lansford Ingalls

✚ Oakwood Cemetery
マーサ（キャロラインの姉）＊
Martha Jane Quiner Carpenter
アンナ・バリー先生＊
Anna Barry

Wisconsin

✚ West Frankfort Cemetery
ピーターソン夫妻［大きな森］
Charles Gustaf Peterson
Anna Sophia Andersdotter Peterson

✚ Evergreen Cemetery
ロティおばさん［大きな森］
Charlotte Elizabeth "Lotty" Holbrook Moore

✚ Hoffman Cemetery
シャーロット（キャロラインの母）＊
Charlotte Wallis Tucker Holbrook

フレデリック・ホルブルック（キャロラインの義父）＊
Frederick Marshall Holbrook

✚ Harney City Cemetery
ヘンリーおじさん、ポリーおばさん
Henry Odin Quiner
Pauline Melona Ingalls Quiner

✚ Collins Cemetery
キャップ・ガーランド
Oscar Edmund "Cap" Garland

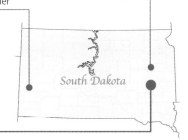

South Dakota

✚De Smet Cemetery

サウスダコタ州デ・スメットには
ローラを除くインガルス家や町の
人々が眠る。

10 フローレンス・ガーランド先生（キャップの姉）
Florence Adelia Garland Dawley

1 インガルス一家
Charles Phillip Ingalls
Caroline Lake Quiner Ingalls
Mary Amelia Ingalls
Caroline Celestia Ingalls Swanzey
Baby Son Wilder

11 サムエル・マスターズ / ジェニーヴァ
Samuel Oldfield Masters
Genevieve Maude Masters Renwick（ネリーのモデルの一人）

12 ハインツ（酒場経営）
Henry Hinz

2 グレイス夫妻
Grace Pearl Ingalls Dow
Nathan William Dow

13 ブシー家（ブルースター家のモデル）
Isaac John Bouchie（クラレンスのモデル）
Louis Herbert Bouchie
Delilah Olive Isenberger Morrison Bouchie Tibbs Crabtree

3 ギルバート
David Allison Gilbert（郵便配達）
William Frederick "Fred" Gilbert

4 フラー（雑貨店）
Charleton Sumner George Fuller

5 ボースト夫妻
Robert Abey Boast
Ella Rosina "Nell" Peck Boast

6 パウワー（仕立て屋）
Thomas Patrick Power

7 ロフタス（雑貨屋）
Daniel H. Loftus

8 ブラウン牧師夫妻
Rev Edward Brown
Laura Jane Goodale Brown

9 ティンカム（家具屋）
Charles H Tinkham

インガルス家墓所の案内板

ローラゆかりの人々

インガルス一家ゆかりの人々の安住の地を追うことは、アメリカの開拓時代の縮図をみるようだ。主な人物だけでもアメリカ全土に渡っている。　＊は物語に登場しない人

［大きな森］=『大きな森の小さな家』、［プラム］=『プラム・クリークの土手で』、［わが家］=『わが家への道』

ワシントン州

✝ Bayview Cemetery
メアリ・パウワー
Mary Power Sanford

✝ Eugene Pioneer Cemetery
トムおじさん
Thomas Lewis Quiner

✝ Forest View Cemetery
オルソン家（オーエンズ家）
William Henry Owens
Margaret H. Gibson Owens
Nellie Winfield Owens Kirry
William B. Owens

✝ Mount Olivet Cemetery
ローズの息子＊
Infant Boy Lane

✝ Bancroft Cemetery
ハイおじさん
Hiram Forbes

✝ Inman Cemetery
ルビイおばさん
Ruby Celestia Ingalls Card

ワシントン

オレゴン

モンタナ

ノースダコタ

アイダホ

ワイオミング

サウスダコタ

ネブラスカ

ネバダ

ユタ

コロラド

カンザス

カリフォルニア

アリゾナ

ニューメキシコ

オクラホマ

テキサス

✝ Bellevue Memorial Park
いとこのアリス
Alice Josephine Ingalls Whiting

✝ Masonic Lawn Cemetery
アイダ・ブラウンと夫のマクネル
Ida Belle Wright-Brown McConnell
Elmer Ellsworth McConnell

✝ San Jacinto Valley Cemetery
いとこのエラとイライザおばさん
Ella Estella Ingalls Whiting
Eliza Ann Quiner Ingalls

✝ Harrisonville Cemetery
エドワーズおじさんのモデル
Edmund Mason

✝ City of Mesa Cemetery
クラレンス・ヒューレット［大きな森］
Clarence Francis Huleatt

✝ Grand View Cemetery
いとこのジーン
Augustus Eugene "Gene" Waldvogle

✝ Riverside Cemetery
ドーシアおばさん
Laura Ladocia Ingalls Forbes

+ Evergreen Cemetery
ビードゥル氏［プラム］
エヴァ先生［プラム］
Lafayette Bedal
Eva Mae Bedal Maghan

+ North Hero Cemetery
ネルソン一家［プラム］
Eleck Nelson
Olena C. Olson Nelson
Annie Caroline Nelson

+ Spring Valley Cemetery
ロイヤル・ワイルダー
Royal Gould Wilder

+ Forest Hill Cemetery
ピーターおじさん
Peter Riley Ingalls

+ 不明
フレディ・インガルス ＊
Charles Frederick Ingalls

+ Maple Lawn Cemetery
チャールズの祖父
Samuel Worthen Ingalls Sr.

+ North Cuba Cemetery
チャールズの祖母 ＊
Margaret Delano Ingalls

+ Graceland Park Cemetery
いとこのレーナ
Lena Evelyn Waldvogel Heikes

+ Pleasant View Cemetery
オルデン牧師
Rev Edwin Hyde Alden

+ Mansfield Cemetery
ローラ、アルマンゾ
ローズ
Laura Elizabeth Ingalls Wilder
Almanzo James Wilder
Rose Wilder Lane

クーリー氏［わが家］
Frank Merwin Cooley

+ Providence Methodist Church Cemetery
クーリーの奥さん［わが家］
Emma Melissa Newell Burney

+ Sherwood Burial Park
ジョージ・クーリー［わが家］
George Herbert Cooley

ミネソタ
ウィスコンシン
ミシガン
アイオワ
ニューハンプシャー
バーモント
メイン
ニューヨーク
マサチューセッツ
イリノイ
インディアナ
オハイオ
ペンシルバニア
ミズーリ
ウェストバージニア
デラウェア
メリーランド
ケンタッキー
バージニア
アーカンソー
テネシー
ノースカロライナ
ミシシッピ
アラバマ
ジョージア
サウスカロライナ
ルイジアナ
フロリダ

+ South Crowley Cemetery
アルマンゾの両親と姉
James Mason Wilder
Angelina Albina Day Wilder
Laura Ann Wilder Howard（アルマンゾの姉）＊

+ Lafayette Protestant Cemetery
イライザ・ジェーン先生
Eliza Jane Wilder Thayer Gordon

+ Kinder McRill Memorial Cemetery
パーリー・ワイルダー（アルマンゾの弟）＊
Perley Day Wilder Sr.

+ Mount Ida Methodist Church Cemetery
いとこのピーター
Peter Franklin Ingalls

+ Crooked Mile Cemetery
アリス・ワイルダー
Alice Maria Wilder Baldwin

+ Shiloh National Cemetery
ジョセフおじさん ＊
Joseph Carpenter Quiner

アーカンソー州
+ Elmwood Cemetery
ポール・クーリー［わが家］
Paul Emerson Cooley

135

ミュージアム一覧

　「小さな家」シリーズの舞台となった地にはそれぞれミュージアムがあり、ローラゆかりの品や開拓時代の暮らしを伝える品々などを展示している。どのミュージアムもローラ愛たっぷりで見どころ満載だ。また、アメリカには各地に開拓時代の暮らしぶりを伝える野外博物館があり、開拓時代の衣装を着た人々が、当時の暮らしを再現し、まるで開拓時代にタイムスリップしたかのような気分が味わえる。その中からローラたちの暮らしたウィスコンシン州とアイオワ州の施設を紹介した。

Laura Ingalls Wilder Museum
Pepin, WI

https://www.lauraingallspepin.com
306 3rd Street (PO Box 269) Pepin, WI 54759

大きな森の家に近いペピンの町にあり、ローラ関連資料、開拓時代の生活を伝える衣類、道具類などが展示されている。特にローラが初めて通った学校の先生アンナ・バリーのオリジナルの資料が豊富。

The Little House on the Prairie
Museum / Independence, KS

https://www.littlehouseontheprairiemuseum.com
2507 CR 3000 Independence, KS 67301

大草原の小さな家のあった土地にローラたちの暮らした小屋が再現されている。長年所在不明だったが、1970年代にキャンザス州の歴史家によって場所が特定された。
また敷地内にはローラが暮らしたのと同じ時代の学校と郵便局も移築され公開されている。

Laura Ingalls Wilder Museum
Walnut Grove, MN

https://walnutgrove.org/museum.html
330 8th Street Walnut Grove, MN 56180

テレビシリーズのメイン舞台だったこともあり、ドラマ関連の展示が充実している。また敷地内にはダグハウス（芝土で出来た家）が再現されている他、開拓時代の幌馬車なども展示されている。

Wheels Across the Prairie Museum
Tracy, MN

http://www.wheelsacrosstheprairie.org/
joomla30/
3297 US Highway 14 Tracy, MN 56175

トレイシーの郷土ミュージアムの一角に、ローラ研究家がまとめたローラ関係の資料コーナーがある。きちんとファイリングして整理された貴重な資料を、手に取って閲覧することが出来る。

Laura Ingalls Wilder Park & Museum
Burr Oak, IA

https://lauraingallswilder.us
3603 236th Ave Burr Oak IA 52101

物語には出てこないが、ローラたちが一時身を寄せたマスターズホテルが今も残っており、当時のローラたちの暮らしが偲ばれる。とうさんが作った食器棚などが見られる。

Ingalls Homestead
De Smet, SD

https://www.ingallshomestead.com
20812 Homestead Rd, De Smet, SD 57231

とうさんの農場の跡地にあり、農場の家が再現されている他、一家が植えたポプラも見られる。体験コーナーでは実際に幌馬車に乗ったり藁のねじり棒を作ったりと、大人も子どもも楽しめる。広い敷地で、幌馬車を模したワゴンでの宿泊やキャンプも可能だ。

Laura Ingalls Wilder Historic Homes
De Smet, SD

https://discoverlaura.org
105 Olivet Ave., De Smet, SD 57231

『シルバー・レイクの岸辺で』に登場する測量技師の家が移築保存されている。周囲にはローラが教えたブルースター校などが再現されている他、ツアーでは数ブロック離れたとうさんの終の棲家も合わせて見学できる。

Laura Ingalls Wilder Home & Museum
Mansfield, MO

https://lauraingallswilderhome.com
3060 Highway A Mansfield, Missouri 65704

ローラが長年住んだ家が保存され、公開されている。すぐ近くにローズが両親のために建てた家ロックハウスもあり、こちらも見学可能だ。また併設されたミュージアムでは、ローラがとうさんから譲り受けたバイオリンなど、一家のオリジナルの貴重な品が多数展示されている。

Wilder Homestead
Malone, NY

https://almanzowilderfarm.com
177 Stacy Road, Malone, NY 12953

『農場の少年』の舞台ワイルダー農場の跡地がミュージアムとして公開されている。母屋は物語当時の建物が修復されたもの。ワイルダー家の歴史と東部の豊かな農家の暮らしぶりを伝えている。再建された納屋は物語の世界そのままに再現されている。

Spring valley Methodist Church Museum
Spring valley,MN

http://www.springvalleymnmuseum.org/index.html
221 W Courtland St, Spring Valley, MN 55975

スプリングバレーはアルマンゾの両親がマローンから移り住み、後にローラたちも一時身を寄せた町。ワイルダー家ゆかりのメソジスト教会が、建物の一角をローラ関連の資料をミュージアムとして展示、公開している。

Pomona Public Library
Pomona, CA

625 S. Garey Ave Pomona, CA 91766

ロサンゼルス近郊の町ポモナの公立図書館は、同館の司書がローラと親交があったことから、直筆の原稿や多様なローラ人形などローラ・インガルス・ワイルダーコレクションと呼ばれる様々な原稿や資料を保有、展示している。

ローラの世界を味わう野外博物館

Old World Wisconsin
Eagle, WI

https://oldworldwisconsin.wisconsinhistory.org
W372 S9727 Hwy 67 Eagle, WI 53119

開拓時代の暮らしを再現した野外博物館。様々
な国からの移民が移り住んだウィスコンシンら
しく、ドイツ系、北欧系など、その出身地ごと
の暮らしぶりの違いがわかるようエリア分けさ
れているのが特色だ。

Living History Farms
Des Moines,IA

https://www.lhf.org
11121 Hickman Road, Urbandale, IA 50322

町と農村のエリアに分かれており、農村エリア
では年代ごとの開拓農家の暮らしの変化がわか
るようになっている。町のエリアでは昔ながら
の乗合馬車にも乗れる。

大草原を描いた画家

ハーベイ・ダン
Harvey Thomas Dunn
1884 - 1952

The Prairie is My Garden; oil on canvas, 1950.
©Courtesy South Dakota Art Museum, Brookings, South Dakota

　アメリカを代表する画家の一人ハーベイ・ダン
は、大草原の暮らしを描いた画家だ。彼はサウス
ダコタ州デ・スメットの隣町マンチェスターの芝
士の家で生まれ育った。グレイスとは親せき関係
にあり、グレイスの夫のおいにあたる。

　ハーベイは若い頃から飛び抜けた絵の才能を示
し、雑誌や広告などのイラストレーターとして成
功した。従軍体験をもとに戦争を描いた画家とし
て知られているが、彼が手がけた大草原を主題に

した一連の絵は、開拓生活の厳しさと自然の美し
さを見事に表現したものばかりで、ローラの世界
がそのまま蘇ってくるようだ。

　作品の多くはサウスダコタ州立大学のミュージ
アムで鑑賞することが出来る。

South Dakota Art Museum

http://www.springvalleymnmuseum.org/index.html
221 W Courtland St, Spring Valley, MN 55975

二つの野外劇

インガルス一家ゆかりの二つの町、ウォルナット・グローブとデ・スメットでは毎夏「小さな家」シリーズを題材に野外劇が演じられ、世界中から訪れるファン、観光客を楽しませている。

ウォルナット・グローブ

ウォルナット・グローブの野外劇は例年7月の週末に、ウォルナット・グローブ郊外の野外ステージで開催される。演じているのは地元の人たちだが、本物の幌馬車が登場したり、草原の火事のシーンでは実際に炎が上がるなど、演出は本格的でダイナミックだ。

また、劇の開催に合わせてローラとネリーのそっくりさんコンテストなども行われる。

詳細は下記サイト参照。

https://www.walnutgrove.org/pageant.html

夕方から始まるお芝居は、芝居が進むうちに夕闇に包まれる。プラムクリークに近い草原で観劇できるとあって、臨場感満点だ。

デ・スメット

　デ・スメットの野外劇も例年7月の週末に開催される。ステージが設置されているのはとうさんの農場跡のすぐ隣。実際にチャールズが植えたポプラを背景に、広がる草原の開放感を生かした舞台作りが特徴だ。詳細は下記サイトを参照。

http://www.desmetpageant.org

右上：こちらも本物の馬車が当たり前のように登場する。上：演じているのは地元の人たち。

左：会場から見た美しい夕陽。右：ローラの時代を思わせる装いの子どもたち。

MEMO　どちらの劇も終劇は夜遅くなるので、観劇の際は上に一枚羽織れるものを持って行くのを忘れずに。虫も多い季節なので虫除けがあると重宝する。いずれも町から距離があり、自動車の利用が便利だ。

参考資料

『ロッキーリッジの小さな家』（新大草原の小さな家）、ロジャー・リー・マクブライド著、谷口由美子訳、講談社、1994
クワイナー一家の物語シリーズ（全7冊）、マリア・D．ウィルクス著、土屋京子訳、福音館書店、2001-2010
『ローラ・インガルス・ワイルダーの生涯』（上）（下）、ドナルド・ゾカート著、いけもとさえこ訳、パシフィカ、1979
『小さな家の料理の本』、バーバラ・M・ウォーカー著、本間千枝子、こだまともこ訳、文化出版局、1980
『完全版自給自足の本』、ジョン・シーモア著、宇土巻子、藤門弘訳、文化出版局、1983
『Journey to Day Before Yesterday アメリカ開拓時代の生活』（研究社カレッジテキスト）、E・R・Eastman 著、小田基編注、研究社、1983
『アメリカの西部開拓』（カラーイラスト世界の生活史16）、ジャン・ルイ・リューベイル一著、福井芳男、木村尚三郎監訳、東京書籍、1985
『大草原物語』、ローズ・ワイルダー・レイン著、谷口由美子訳、世界文化社、1989
『大草原のおくりもの』、ローラ・インガルス・ワイルダー、ローズ・ワイルダー・レイン著、谷口由美子訳、角川書店、1990
『物語アメリカの歴史』（中公新書）、猿谷要、中央公論新社、1991
『アメリカ黒人の歴史』（岩波新書）、本田創造、岩波書店、1991
『アメリカ児童文学 家族探しの旅』、吉田純子、阿吽社、1992
『大草原の小さな家…ローラのふるさとを訪ねて…』（求龍堂グラフィックス）、ウィリアム・T・アンダーソン著、谷口由美子訳、求龍堂、1995
『オレゴン・トレイル物語―開拓者の夢と現実―』、天野元、藤森聖和、藤本雅樹、英宝社、1997
『宗教からよむ「アメリカ」』（講談社選書メチエ）、森孝一、講談社、1996
『ローラからのおくりもの』、ウィリアム・T・アンダーソン編、谷口由美子訳、岩波書店、1999
『ローラの思い出アルバム』、ウィリアム・T・アンダーソン編、谷口由美子訳、岩波書店、1999
『アメリカ西部の女性史』、篠田靖子、明石書店、1999
『下着の誕生』（講談社選書メチエ）、戸矢理衣奈、講談社、2000
『アメリカがまだ貧しかったころ』、ジャック・ラーキン、杉野目康子訳、青土社、2000
『アメリカ史のなかの子ども』、藤本茂生、彩流社、2002
『ネイティヴ・アメリカン』、アーリーン・ハーシュフェルダー著、赤尾秀子、小野田和子訳、BL出版、2002
『開拓者たち』（上）（下）（岩波文庫）、クーパー著、村山淳彦訳、岩波書店、2002
『パイオニア・ウーマン』（講談社学術文庫）、ジョアナ・L．ストラットン著、井尻祥子、当麻英子訳、講談社、2003
『子どもたちのフロンティア』（Minerva 歴史叢書クロニカ）、藤本茂生、ミネルヴァ書房、2006
『ようこそローラの小さな家へ』、C・S・コリンズ、C・W・エリクソン著、奥田実紀訳、東洋書林、2006
『アメリカ文学にみる女性と仕事』、野口啓子、山口ヨシ子、彩流社、2006
『わかれ道』、ローズ・ワイルダー・レイン著、谷口由美子訳、悠書館、2008
『アメリカ服飾社会史』、浜田雅子、東京堂出版、2009
『図解フロンティア』（F-FILES）、高平鳴海、新紀元社、2014
『孤児列車』、クリスティナ・ベイカー・クライン著、田栗美奈子訳、作品社、2015
『こども服の歴史』、エリザベス・ユウイング著、能澤慧子、杉浦悦子訳、東京堂出版、2016
『ブラック・ホークの自伝』、ブラック・ホーク著、アントワーヌ・ルクレール編、高野一良訳、風濤社、2016
『11の国のアメリカ史』（上）（下）、コリン・ウッダード著、肥後本芳男、金井光太朗、野口久美子、田宮晴彦訳、岩波書店、2017
『大草原のローラ物語 パイオニア・ガール［解説・注釈つき］』、ローラ・インガルス・ワイルダー著、谷口由美子訳、大修館書店、2018
『花殺し月の殺人』、デイヴィッド・グラン著、倉田真木訳、早川書房、2018
『ファンタジーランド』（上）、カート・アンダーセン著、山田 美明、山田文訳、東洋経済新報社、2019
『地図で読むアメリカ』、ジェームス・M・バーダマン著、森本豊富訳、朝日新聞出版、2020

The Wilder Famly Story, Dorothy Smith, 1972
The Story of the Wilders, William Anderson, 1973
Laura Wilder of Mansfield, William Anderson, 1974
The Life of Laura Ingalls Wilder, Donald Zochert, HarperCollins, 1976
Laura Ingalls Wilder The Westville Florida Years, Alene M. Warnock, 1979
The Pepin story of the Ingalls Family, William Anderson, 1981
The Ingalls - Wilder Homesites, Evelyn Thurman, 1982
The Iowa Story, William Anderson, 1990
The Story of the Ingalls Family, William Anderson, 1993
19th Century Clothing(Historic Communities), Bobbie Kalman, Crabtree Publishing, 1993
Children's Clothing of the 1800s(Historic Communities), David Schimpky & Bobbie Kalman, Crabtree Publishing, 1995
The Little House Guidebook, William Anderson, 1996
Winter on the Farm(My First House Books), Laura Ingalls Wilder, HarperCollins, 1997
Prairie Day (My First House Books), Laura Ingalls Wilder, HarperCollins, 1998
A Little Prairie House(My First House Books), Laura Ingalls Wilder, HarperCollins, 1999
The Railroad(Life in the Old West), Bobbie Kalman, Crabtree Publishing, 1999
Women of the West(Life in the Old West), Bobbie Kalman、Jane Lewis, Crabtree Publishing, 2000
Pioneer Recipes(Historic Communities), Bobbie Kalman & Lynda Hale, Crabtree Publishing, 2001
Exploring the Homesites of Laura Ingalls Wilder, Barbara Hawkins, 2007
A Visual Dictionary of a Pioneer Community, Bobbie Kalman, Crabtree Publishing, 2008
Laura Ingalls Wilder and the Family Journey, Barbara & George Hawkins, 2013
"The Grasshopper Years 1873-1877 : Walnut Grove, Minnesota", Daniel D. Peterson, 2013
De Smet(Images of America), Laura Ingalls Wilder Memorial Society, Arcadia Publishing, 2015
Dr.George Tann Black Frontier Physician, Susan Thurlow, 2017

Should auld acquaintance be forgot,
And never brought to min'?
Should auld acquaintance be forgot
And days of auld lang syne?

Auld lang syne

── おわりに ──

何もかもわすれっこない、だって、「いま」は「いま」なんだもの ── ローラは思います。
それは「ずっとむかし」になんか、なりはしないのだから、と。

『大きな森の小さな家』恩地三保子訳　福音館書店

　これは『大きな森の小さな家』で幼いローラが、布団の中からとうさんとかあさんを見つめ、
幸せをかみしめるラストシーン。物語の中で一番好きな箇所だ。

　ローラについて調べることは、遙かな地へ、遠い時間を旅することだった。原作を読み、実在
のモデルの足跡を追うほどに、登場人物が身近に感じられる。だが彼らは皆既にこの世にいない。
愛着が湧くほど、それは切ない現実に思われた。だからこそ、『ずっとむかしになんかなりはし
ない』と、時の残酷さを吹き払うようなローラの言葉に、心が揺さぶられた。

　幼い頃から愛読していたローラの物語が私の中で目を覚ましたのは、母の退職がきっかけだっ
た。ドライブ好きの母が、一度アメリカを車で走りたいという。ならば、夢に見たあの大草原を
走ってみたい。それが私とローラの旅の始まりだった。まだコロナ禍など想像もできない頃だっ
た。きっかけをくれた母には深く感謝をしたい。

　ローラの時代、人々はどう暮らしたのか。この本を書く上でどうしても知りたかったことだ。
その問いに答えてくれたのは那須で開拓農家をしている方々だった。戦後、シベリア抑留から帰
国して森を切り拓いたという玉田さんと今村さん、開拓地でゼロから酪農を始めた真島さん。何
もかも人手で行うしかなかった当時の開墾や畑作り、りんごを植え家畜を育てた彼らの苦労話を
伺っていると、ローラが生きた時代は「ずっと昔」なんかではなく、地続きでつながっている出
来事として胸に迫ってきた。

　ローラの世界を絵で再現してくれたのは、アトリエローク07の森元茂さんと栩澤裕香さん。
写真や図面をもとに、ローラの世界を美しいタッチで視覚化してくれた。いいむらせつこさんの
素晴らしいカントリー刺繍は、硬くなりがちな紙面に手づくりの温かさを添えてくれた。資料と
してはローラ研究家の谷口由美子さんの手がけられた数々の本が大変参考になった。中でも『大
草原のローラ物語 パイオニア・ガール』（大修館書店）は闇を照らす灯のように執筆中の心強い
パートナーだった。長い間見守ってくださった編集部の大野さんにも心より御礼を申し上げたい。

2020.12　ちばかおり

著者
ちばかおり
福岡県柳川市生まれ。児童書を中心に編集、デザインに携わる傍ら、『ハイジ』『若草物語』などの海外児童文学、およびテレビアニメシリーズ『世界名作劇場』を中心に研究、聞き取り、実地調査を重ねている。日本ハイジ児童文学研究会所属。主な著作『世界名作劇場への旅』『世界名作劇場シリーズメモリアルブック』（新紀元社）『ハイジが生まれた日』（岩波書店）『ラスカルにあいたい』『アルプスの少女ハイジの世界』（求龍堂）『ラスカルの湖で スターリング・ノース伝記』（文溪堂）『図説アルプスの少女ハイジ』『ヴィクトリア朝の子どもたち』（河出書房新社）ほか

Special thanks　谷口由美子

執筆協力　　　　野海侑
写真　　　　　　ちばかおり、さとう楓、Barbara and George Hawkins
イラスト　　　　森元茂、楜澤裕香／アトリエローク 07、ちばかおり
刺繍・イラスト　いいむらえ∽こ（セーラ∽ラノト）
協力　　　　　　山田和子、真島牧場、今村真、玉田貞喜、大和田喜美子
（敬称略）

大きな森の小さな家　大草原のローラと西部開拓史

2021 年 1 月 30 日　初版発行
発行者　福本皇祐
発行所　株式会社新紀元社
〒 101-0054
東京都千代田区神田錦町 1-7　錦町一丁目ビル 2F
TEL 03-3219-0921 / FAX 03-3219-0922
郵便振替　00110-4-27618
編集　新紀元社編集部
デザイン／ DTP　ちば童画舎、戸田五月
印刷／製本　中央精版印刷株式会社

ISBN978-4-7753-1877-5